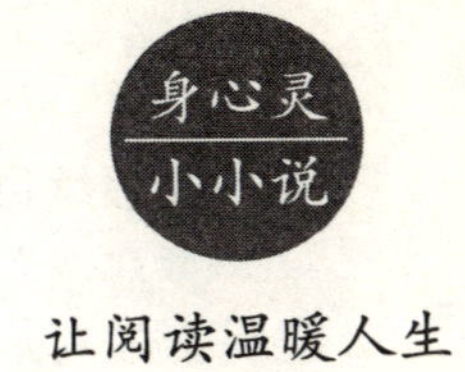

让阅读温暖人生

心灵深处有最爱

杨晓敏 秦俑 选编

求真出版社

图书在版编目（CIP）数据

心灵深处有最爱/杨晓敏，秦俑编．—北京：求真出版社，2012. 1

ISBN 978 - 7 - 80258 - 151 - 7

Ⅰ. ①心…　Ⅱ. ①杨…②秦…　Ⅲ. ①小小说—小说集—中国—当代　Ⅳ. ①I247. 8

中国版本图书馆 CIP 数据核字（2011）第 255562 号

心灵深处有最爱

编　　者：杨晓敏　秦　俑
出版发行：求真出版社
社　　址：北京市西城区太平街甲 6 号
邮政编码：100050
电　　话：（010）83190288　83190219
印　　刷：北京汇林印务有限公司
版　　次：2012 年 2 月第 1 版
印　　次：2012 年 7 月第 3 次印刷
开　　本：680 毫米×960 毫米　1/16
印　　张：15. 5
字　　数：170 千字
书　　号：ISBN 978 - 7 - 80258 - 151 - 7/I · 32
定　　价：24. 00 元

序言：好书温暖一生

杨晓敏

滚滚红尘中，我们大多数人都是凡夫俗子。工农商学，柴米油盐，为了生计，每天都有许多事情要做。现实需要我们掌握更多的知识，拥有更高的才能，但同时又无情地掠夺了我们学习阅读的时间。因此，读好书，读有用的书，便成为了一种最经济也最理想的选择。

市场上的各类图书，分工有异，透射出不同层面的知识和学问。

比如，精英文化类的，支撑着整个社会意识形态的建筑高度，担负着重铸人类灵魂的重托。然而，无论内容还是形式，和世俗所产生的距离感，难以和普通人的思考同步。

通俗文化类的，虽然离我们的日常生活很近，能迎合人们的休闲、消遣的阅读需求，但原生态的内容难免会泥沙俱下、鱼龙混杂。在一定程度上，低于我们内心神往的审美、鉴赏水平，其影响力小于我们的阅读期待。

我们将要推荐给大家的，是充满活力的大众文化。选择作品，尽量做到质朴与单纯，而质朴不是粗硬，单纯不是单薄；做到简洁与明朗，而简洁不是简单，明朗不是直白。它们应该是理性思维与艺术趣味的有机融合，是人类智慧结晶的灵光闪烁，是春风化雨滋润心灵的真情倾诉，是鲜活知识枝头的摇曳多姿，是让普通人群嗅得着的缕缕墨香。这套丛书每集一个主题，或心灵私语，或讴歌生命，或传达亲情，或阐释智慧，总的要求是，比通俗文化有品位，比精英文化有市场，使之成为传播文化、传承文明的系列美育课堂。

孔夫子曾说，人有三大美德，仁慈、智慧和勇敢。“让阅读温暖人生”书系的编选出版，旨在引人以善，启人以智，予人以勇，倡导一种读好书的风气，让人行走在积极上进的轨道上，开卷有益。

我们相信，好的书是有生命的。你拿在手上，揣在兜里，或者放在枕边，你会感受到它和你的心一起跳动。在庸常的生活里，我们每天都在用最经济的时间、精力和财力，获得超值的知识、学问和智慧，让自己一天天变得充实厚重起来。

一本好书，带你进入一个奇妙的世界。

一本好书，是与智者的心灵交流。

一本好书，温暖一生。

目　录

CONTENTS

少年心事

爱如风筝

幸福的轮回

少年心事

难过刺痛我的心，但我知道，我必须离开。我需要成长，我需要在这个世界的风雨中闯荡。

一件小事

〇铁　凝

15 岁那年，我很迷恋打针，找到母亲一位在医院工作的朋友作老师，向她学会了注射术。

自从我学会了打针，便开始期盼眼前有病人，不论是家人还是外人。我备齐针具，严格按照程序一次次操作。一天，有位邻居来找我，说她每天都要去医院注射维生素 B_{12}，我若能为她注射，便可免去她每天跑医院的麻烦。

我愉快地接受了她的请求。

这位邻居本是天津知青，因病没有下乡，大约在天津又找不到工作，才到我们的城市投奔她的姨母，并在一家小厂谋到了事做。她好像是那种心眼儿不坏，但生性高傲的姑娘，学过芭蕾，很惹男性注意。这样的邻居求我，弄得我心花怒放。

每日的下午，我放学归来，便在我家像迎接公主一样迎接我的病人。一连数日，事情进行得都很顺利，我的手艺也明显地娴熟起来。熟能生巧，巧也能使人忘乎所以乃至贻误眼前的事业。

这天我的病人又来了，我开始做着注射前的准备：把针管、针头用纱布包好放进针锅(一个小饭盒)，再把针锅放在煤气灶上煮。煮着针，我就和病人聊起天来，聊着小城的新闻，聊着学生的前途。不知过了多久，我才突然想起煤气灶上的事。

有句很诙谐的俗语形容人在受了惊吓时的状态，叫做“吓出了一脑袋头发”，这形容正好用于我当时的状态。我已意识到我受了很大的惊吓，那针无疑是大大超过了需煮的时间。我飞奔到灶前关掉煤气，打开针锅观看，见里面的水已烧干，裹着针管的纱布已微煳，幸亏针管、针头还算完好。

我不想叫我的病人发现我被吓出的“一脑袋头发”和这煮干了的针锅，装作没事人似的，又开始了我的工作。我把药抽进针管，用碘酒和酒精为病人的皮肤消过毒，便迅速向眼前那块雪亮的皮肤刺去。谁知这针头却不帮我的忙了，它忽然变得绵软无比。我一次次往下扎，针头一次次变作弯钩。针进不去，我那邻居的皮肤上，却是血迹斑斑。我心跳着弄不清眼前到底发生了什么事，但注射的失败是注定的了。这实在是一个大祸临头的时刻，唯有向病人公开宣布我的失败，我才能尽快从失败里得以解脱。我宣布了我的失败，半掖半藏地收起我那难堪的针头，眼泪已噼里啪啦地掉下来。

我的邻居显然已知道背后发生了什么事，穿好衣服站在我眼前说：“这不是技术问题，是针头退了火。隔一天吧，这药隔一天没关系。”

邻居走了，我哭得更加凶猛，耳边只剩下“隔一天吧”“隔一天吧”……难道真的只隔一天吗？我断定今生今世她是再也不会来打针了。

但是第二天下午，她却准时来到我家，手里还举着两支崭新的针头。她像什么事情也没有发生过一样，微笑着对我说：“你看看这种号对不对，六号半。”

这次我当然成功了。一支新的六号半针头，这才是我成功的真正基础。

许多年过去了，每当我因为一件小事的成功而飘飘然时，每当我面对旁人无意中闯下的“小祸”而愤愤然时，眼前总是闪现出那位邻居的微笑和她手里举着的两支六号半针头。

许多年过去了，我深信她从未向旁人宣布和张扬过我那次的过失。一定是因了她的不张扬，才使我真正学会了注射术和认真去做一切事。

阴影与阳光

○徐慧芬

14 岁的中学生小蒙觉得自己这几天倒霉透了。前天，因为出黑板报的缘故，他是最后一个离校的学生。黑板报出到一半，突然他想看看高年级的黑板报出得怎么样，取取经。但是人家教室的门已经锁上了。于是他从自己教室里搬了一张凳子。人站在凳子上，高了。这样他就可以通过墙上的气窗，看到人家教室的黑板报。正在他脸贴玻璃专心张望的时候，值班老师走了过来，有点狐疑地问了他一番后，就赶他回家。巧的是，这天夜里，这一层的办公室遭窃。所有老师的抽屉都被翻动，连零星小钱也都被搜走。

这样，作为最后一个离校又有点古怪行动的学生，就有理由被唤到教务处谈话。虽然班主任和熟悉他的任课老师全部担保他是个品学兼优的学生，但是从教务处出来的小蒙仍忍不住掉了眼泪，因为班上竟有不明真相的同学，用一种陌生的眼光打量他，其中包括和他挺好的同学。

今天的事更是倒霉了。小蒙向妈妈哭诉今天的遭遇。他放学回家途经一个专卖复习参考资料的书屋，买了两本书后，刚准备跨上自行车时，迎面一辆卡车上突然滚下来一只大纸箱。纸箱破了，里面的儿童玩具散落一地。待车上司机发现，将车停下来时，周围已有人趁机捡了便宜溜走了。他看司机挺急，就帮着司机把玩具一一捡起装进箱子里。好事做完后，他的自行车却不见了！那是才买了不久的新车啊！

“好心没好报！小偷太坏了！呜呜呜……”小蒙边说边哭，眼泪越流越多。

“哭什么？哭了车子能回来吗？以后一定要接受教训。俗话说，各人自扫门前雪，莫管他人瓦上霜。这话是有一定道理的。妈妈不是要你做个自私的人，问题是现在风气坏，人心不古，所以要学会保护自己，不要多管闲事，免得招惹是非……”小蒙的妈妈唠唠叨叨，边劝边教训儿子。

“你在培养儿子朝自私发展吗？”小蒙的爸爸从外面踏进门听到妻子的话，打趣道。

“你倒还有心情说笑话，你儿子前天为班级做事，被人疑心当贼；今天做好事，被贼偷了车！”小蒙的妈妈把儿子今天的遭遇愤然说给丈夫听，一旁的小蒙哭得更厉害了。

“噢，是这样。儿子，你的运气确实太坏了！爸爸今天的运气倒好。刚才碰上了一个大好人。我去摄影社取照片，取完照片，回来路上觉得今天天挺热的，正好有个人用自行车推着两袋西瓜在卖。我挑了一个，过了秤，正好10元钱，我付了钱，骑上车走了。

“骑了大约 20 米，忽听背后有人在叫。我回头一看，那个卖西瓜的骑着沉重的车子朝我追来，对我招手，叫我停下。我停了车。原来我是错将百元大钞当成 10 元票给了他，他是来追还我 90 元钱的！

“儿子，你想想看，他要还，等我找上来也不迟；他也完全可以赖掉，因为我没有凭证；他还可以发现此事后马上溜走，那就不会引起任何纠葛。现在他却冒着烈日，踩着笨重的车子一路追来。为什么要这么做呢？是他的良心！是他做人的道德！谁说这世上没有好人！要不，今天这个瓜就太贵了！”

父亲拍了拍刚买来的西瓜，又拍了拍儿子的头，边叙边议。儿子停止抽泣，听得很专注。

不错，小蒙的爸爸是取了照片回来路上买了西瓜。但是，关于 10 元与 100 元的故事，是他的虚构。作家与父亲的双重责任，让他编了个美丽的故事。他深深懂得，此刻，这个 14 岁的少年的心里，太需要阳光。

翻浆的心

○毕淑敏

那年，我“五一”放假回家，搭了一辆地方上运送旧轮胎的货车，颠簸了一天，夜幕降临才进入离家百来里的戈壁。正是春天，道路翻浆。

突然，在无边的沉寂当中，立起一根土柱，遮挡了银色的车灯。

“你找死吗？你！你个兔崽子！”司机破口大骂。

我这才看清是个青年，穿着一件黄色旧大衣，拎着一个系着棕绳的袋子。

“我不是找死，我要搭车，我得回家。”

“你没长眼睛吗？驾驶室里已经有人了，哪有你的地方！”司机愤愤地说。

“我没想坐驾驶室，我蹲车厢里就行。”

司机还是说：“不带！这样的天，你蹲车厢里，会生生冻死！”说着，踩住油门，准备闪过他往前开。

那个人抱住车灯说："就在那儿……我母亲病了……我到场部好不容易借到点小米……我母亲想吃……"

"让他上车吧。"我有些同情地说。

他立即抱着口袋往车厢里爬，"谢谢谢……谢……"最后一个"谢"字已是从轮胎缝隙里发出来的。

夜风在车窗外凄厉地鸣叫。司机说："我有一个同事，是个很棒的师傅。一天，他的车突然消失了，很长时间没有踪影。后来才知道，原来是有个青年化装成一个可怜的人，拦了他的车，上车以后把他杀死，甩在沙漠里，自己把车开跑了。从此我们司机绝不敢让不认识的人特别是年轻人上车。你是我的老乡，说了话我才破例的。"

我心里一沉，找到司机身后小窗的一个小洞，屏住气向里窥探。

朦胧的月色中，那个青年如一团肮脏的雾，抱着头，龟缩在起伏的轮胎里。每一次颠簸，他都被橡胶轮胎击打得嘭嘭作响。

"他好像有点冷，别的就看不出什么。"我说。

"再仔细瞅瞅。我好像觉得他要干什么。"

这一次，我看到青年敏捷地跳到两个大轮胎之间，手脚麻利地搬动着我的提包。那里装着我带给父母的礼物。"哎呀，他偷我东西呢！"

司机很冷静地说："怎么样？我说得不错吧。""然后会怎么样呢？"我带着哭音说。"你也别难过。我有个法子试一试。"只见他狠踩油门，车就像被横刺了一刀的烈马，疯狂地弹射出去。

我顺着小洞看去，那人仿佛被冻僵了，弓着腰抱着头，企图凭借冰冷的橡胶御寒。我的提包虽已被挪了地方，但依旧完整。

我把所见同司机讲了，他笑了，说："这就对了。他偷了东西，原本是要跳车的，现在车速这么快，他不敢动了。"

路变得更加难走，车速减慢了。

我不知如何是好，紧张地盯着那个小洞。青年也觉察到了车速的变化，不失时机地站起身，再次抓起了我的提包。

我痛苦得几乎大叫，就在这时，司机趁着车的趔趄，索性加大了摇晃的频率，车身剧烈倾斜，车窗几乎吻到路旁的沙砾。

再看青年，扑倒在地，像一团被人践踏的草，虚弱但仍不失张牙舞爪的姿势，贪婪地守护着我的提包——他的猎物。

司机继续做着"高难"动作。我又去看那青年，他像夏日里一条疲倦的狗，无助地躺在轮胎中央。

道路毫无先兆地平滑起来，翻浆也消失得无影无踪。司机说："扶好你的脑袋。"

我一时没明白过来，但司机凶狠的眼神启发了我。就在他的右腿狠狠地踩下去之前，我采取最紧急的自救措施：双腿紧紧抵地，双腕死撑面前的铁板……不用看我也知道，那个青年，在这突如其来的急刹车面前，可能要变成一堆零件。

"怎么样？至少也得脑震荡。看他还有没有劲偷别人的东西！"司机踌躇满志地说。

我想到贼娃子一定伤了元气，一时半会儿可能不会再打我提包的主意了，心里安宁了许多。只见那个青年艰难地在轮胎缝里爬，不时还用手抹一下脸，把一种我看不清颜色的液体弹开……他把我的提包紧紧地抱在怀里，往手上哈着气，摆弄着上面的提梁。这时，他扎在口袋上的绳子已经解开，就等着把我提包里的东西搬进去呢……

“师傅，他……他还在偷，就要把我的东西拿走了……”我惊恐万状地说。“是吗?”师傅这次反倒不慌不忙，嘴角甚至现出隐隐的笑意。

“到了。”司机干巴巴地说。我们到一个兵站了，也是离那个贼娃子住的村最近的公路。他家那儿是根本不通车的，至少还要往沙漠腹地走10公里……司机打亮了驾驶室里的大灯，说，“现在不会出什么事了。”

那个青年挽着他的口袋，像个木偶似的往下爬，狼狈地踩着车轮跌下来，跪坐在地上。不过才个把时辰的车程，他脸上除了原有的土黄之外，还平添了青紫，额上还有蜿蜒的血迹。

“学学啦……学学……”他的舌头冻僵了，把“谢”说成“学”。

我们微笑地看着他，不停地点头。

他说：“学学你们把车开得这样快，我知道你们是为我在赶路，怕我的母亲喝不上小米粥。天亮前，我赶得到家了……学学……”他抹一把下颌，擦掉的不知是眼泪、鼻涕还是血。

司机一字一顿地说：“甭唆了。拿好你的东西，回家吧!”

他点点头，恋恋不舍地离开了我们。

看着他蹒跚的身影，我不由自主地喝了一声：“你停下!”

“我要查查我的东西少了没有。”我很严正地对他说。

司机赞许地冲我眨眨眼睛。

青年迷惑地面对我们，脖子柔软地耷拉下来，不堪重负的样子。我爬上车厢，动作是从未有过的敏捷。我看到了我的提包，像一个胖胖的婴儿，安适地躺在黝黑的轮胎之中。我不放心地摸索着它，拉锁的咪齿咬合紧密，毫不松懈。

突然触到棕毛样的粗糙，我意识到这正是搭车人袋子上那截失踪的棕绳。它把我的提包牢牢地固定在车厢的木条上，像焊住一般结实。

我的心像突然遭遇寒流，冻得皱缩起来。

少年心事

○刘建超

我十岁那年喜欢上了同院的一个大姐姐。

大姐姐长得可好看了。高高的个儿，长长的腿，走路一蹦一跳，脑后的马尾辫甩来甩去。

大姐姐喜欢和女孩子们跳大绳。

两个人抡起拇指粗的大绳，其余的人排起长队依次从绳中穿过，谁被绳子绊住就被罚去抡大绳。

我喜欢看大姐姐跳绳，男孩儿们来找我去玩“攻城”游戏，我不去。

他们说我爱和女生玩，流氓。我不理他们。

大姐姐跳出了汗，就从花格格上衣兜里掏出一块叠得四四方方的白手绢，轻轻地揩额头上的汗。

我都是把汗和鼻涕一起贡献给自己的两只袖口，袖口蹭得黑亮。

我想引起大姐姐的注意，故意在她身边跑来跑去。

大姐姐根本没觉察到我的存在。

想起来了，我刚刚学会了侧翻跟头。

我开始在跳绳的女生旁边翻跟头，一个接一个。

有几个女生看到我了，大姐姐没看到。

我又转到大姐姐的对面继续翻，累得气喘吁吁。

我看到大姐姐用手指把零落的头发往耳后捋捋，继续跳绳。

我的跟头就随着大姐姐的视线走。

头晕目眩，天旋地转，砰！身子打了几个滚就轱辘到大绳里了。

我终于引起了大姐姐的注意，听她问身边的女孩：这是谁家的孩子？怎么这么讨厌！

妈妈惊奇地看着我头上的包，问怎么回事。

我委屈地哭，说，你给我买个白手绢！

部队大院俱乐部前面是个足球场，我们称它为大操场。

大操场四周长满了树，有杨树，有果树。

果树挂果时，孩子们都爱去大操场玩。

家长再三交代不能去摘公家的果子，可馋嘴的孩子管不住自己。午睡时是大人最少的时候，也是孩子们去大操场的最好时机。

我远远就看见大姐姐和一群女生在大果树下踢毽子。

我知道她们也想摘树上的果子，踢毽子只是作掩护。

果然，她们开始想办法摘果子了，用根小棍敲打。

我至今也没记住那是棵什么果树，树干灰黑，结的果子有杏核大小，三五个一串儿，酸酸甜甜的。

女生打落了低处的几个果子后就望“果”兴叹了。

我看到大姐姐仰头望着树上的果子，嘴里还喃喃地说，红的都在高处。

我从没上过树，却不知哪来的勇气，自告奋勇地爬上了果树。

诱人的果实都在“险峰”处，我骑在树枝上一点一点靠近果子，摘下一串一串的果子抛到树下，红的，大的，我就抛给大姐姐。

我看到了大姐姐满足的笑，她还不时地给我指点着，右边，右下方那串，对对。左前方，头顶上，对。大姐姐的声音真好听。

我还兴致勃勃，女生已经吃够了，开始嚷着牙酸。

不知道是谁说，该吹起床号了，走吧。

女生嘻嘻哈哈就往家属院走，大姐姐就没再回头往树上看一眼。

我才知道自己陷入了多么糟糕的境地——我没法从树上下来了。

人走光了，我裤子都蹭破了，还是下不来。我就大喊大叫，结果纠察叔叔找梯子把我拽下来了。

叔叔把我交给我妈，我屁股上狠狠地挨了一脚，嘿嘿，不疼。

大操场的一端有沙坑，孩子们在沙坑堆沙堆，挖地道。

大姐姐来了。拿一根竹竿，把小孩子往沙坑外轰。

学校开运动会，大姐姐参加跳高比赛。

大姐姐看着一群小孩，说，谁来举竹竿？

我高高地举起了手。

我和二胖被选中举竿。

大姐姐调整了一下高度，说，就这样端着，别动。

大姐姐跳了一次，没过。又跳了一次，还没过。大姐姐皱了眉头。

第三次，大姐姐跳过去了。我讨好拍手。

二胖告状说我故意把竹竿放低了。

大姐姐很生气地拨拉着我的头，捣什么乱。去一边，换个人来。

我砸了二胖家的玻璃。

远远就见大姐姐和几个女生有说有笑。

刚刚下过雨的大操场留下一洼一洼的浅水。

天很蓝，云很白。水中有蓝天和白云的影子。

大姐姐小心翼翼地踮着脚绕过水洼。

我觉得自己表演的机会来了。

我刚刚参加了学校的运动会，获得小学组跳远第一名。

我瞅准了个好机会，大姐姐正好走到一片水洼前。

我“噌噌”奔跑过去，腾地跃起，从水洼上一跃而过。

我听到了女生“哇”的惊叹声。

我忽略了脚下的路还很滑，落地后，整个后背贴着地皮就滑出去了。

在女生嘻嘻哈哈的笑声中，我听到大姐姐说，跃起的刹那还挺潇洒。

我脸臊得通红，爬起来就跑，不让大姐姐看出我是谁。

大姐姐参军了，绿军装，大红花，真好看。

我们学校扭秧歌欢送。我扭得最欢。

在大姐姐的那辆车前，我扭着秧歌不走。

后面的同学催我，我还不走。他就推我。我摔倒了。

大姐姐笑了，还对我挥挥手。

我心里那个美啊，真感谢把我推倒的那个同学。

回到家，洗完脸照镜子，忽然想起，我戴着大头娃娃面罩扭秧歌，大姐姐根本就看不到我。

我知道再也见不到大姐姐了，才发现自己的腿也蹭破了皮。

我转身找推倒我的那个同学算账去了！

二十年后，我和大姐姐不期而遇。

说起部队的大院，她点头，记得记得。

说起俱乐部，大操场，她点头，记得记得。

说起大果树，宣传队，她点头，记得记得。

说起我当初的种种表现，她摇摇头，是吗？我怎么不记得？

我的泪啊……

十七岁的单车

〇萧　磊

此刻，我站在27岁的时间窗口，眺望17岁那年那辆锈迹斑斑的单车，无端地生出些感慨来：10年的时间，就像隔桌而坐一样。

我搜索着所有和那辆单车有关的细枝末节，但其中的因果关系，经过了时间的发酵和抚摸，依然使我无法梳理。

那辆饱经沧桑的单车，驮着17岁的我，满怀激动地行进在和我一样单薄瘦弱的公路上。道路两旁的水稻们低头倾听着单车发出的“叽嘎”声，一脸的阳光灿烂。

是镇上那间写着“中国邮政”的绿房子，拉住了我的车轮。我连蹦带跳地从车上下来，将它支好，然后胡乱地上了锁。

大厅里一个人也没有，橱窗后的三个营业员正围在一起说着些什么。见了我，她们的谈话就像被刀齐腰切断了，然后，一起扭头看着我。

我的脸“腾”地一下冒出一堆火来，连说话的腔调都变了。

我……我……取钱。我哆嗦着从裤兜里挖出了那张被我的眼睛抚摸了大半个上午的汇款单，递进了窗口。

那个营业员扫了一下，说，证件和印章呢？

我一脸的茫然，显得手足无措。

等到我明白过来，想把这张写着金额的纸，换成相同数额的活生生的人民币，是需要履行一定手续的，就像我写稿、誊抄、邮寄、变铅字上报一样复杂。

我像犯了错误的孩子一般，从她的手中接过原样退回的汇款单，离开了营业大厅。

去开车子的时候，我遇到了那个我暗恋很久的女同学。我一下子恢复了“作家”的自信，朝她笑了笑，说，我是来取稿费的。

还好她没问是多少，只是朝我笑了笑，就进去了。

现在想来，后来，我骑车到只有百来米远的刻印章的地方时，心还一直“咚咚”地乱跳，以至“给我刻颗印章”这几个简单的字，都被我切割成了好几片。大概和那一朵微笑有关吧！

那老头儿的目光，越过一副老花镜框的上沿，打量着车座上气喘吁吁的我，还以为我骑了老长一段路，有急事要办。

我从车上爬了下来，支好了。按老头儿的要求，转身就在纸上写下“胡古越”三个大字。我想，这三个字，会在不久的将来，照耀中国渐渐暗淡的文学。

篆刻的活计就这样开始了。老头儿手中的刀，恍惚之间就变成了我手中的笔。他每一刀下去，都变成了我的文字，一个一个，跳进方格纸里。我看见了满天飞舞的汇款单，被那三个鲜红的“胡古越”，一张一张地敲过去。

我的美梦是被一个人拍醒的。

我不耐烦地耸了耸肩膀，厌恶地转过头去。

一个满脸络腮胡子的人，正凶神恶煞地瞪着我！

我慌慌张张地转了过来，整个身子靠在了刻章台边，感觉说话也有了点依靠。

你，你谁啊？

小赤佬，偷我的车，还敢问我是谁？

谁偷车了？

那男的拍了拍身边的自行车座子。

我突然发觉我的那辆车不见了，出现在我眼前的是一辆崭新的“凤凰”车！

那车，像块巨大的铁片，把我压懵了。

等我回过神来，连忙从他的手里挣脱出来，向刻章的老头儿求助。

大伯，你看到我刚才的车了，我没偷，我的车是旧的。

那老头儿大概也被弄糊涂了——一转眼工夫，车咋就变新了呢？然后，他还是点了点头。

还是去派出所说吧！那个男的边说边来拉我。

我甩了甩手臂，说，我自己会走的。

走了两三步，我回头叫上了老伯，让他帮我去作一下证明。

当我们三个刚走进派出所大门的时候，我看见我的那辆破车，正有气无力地靠在墙壁上。真他妈的见鬼啊，难道它自己长脚走进来的。

有关我偷不偷车的事情，在经过了一番陈述后，那民警显得有些厌倦了，最后他的一句“看你还是个学生，我们也不追究了”，算是不了了之。

那个男的，忿忿不平地回头看了看我，推着他的自行车走了。那个刻章的老头，推了推眼镜，也走了。

现在，只剩下17岁的我，和两三个穿着威严制服的民警在一起了。那种无法言传的孤独和无助，像潮水一样向我袭来。

我好说歹说，想要回那辆自行车。

你偷不偷车，我们已经不追究了。你说这车是你的，你拿行驶证来吧！那民警一副公事公办的样子。

我的眼泪忍不住要下来了。我说这车已经破成这样了，还怎么拿得出行驶证呢?

我把好话又说了一箩筐，那几个民警也只顾自己聊天了。

等我小跑着回到学校的时候，下午第一节课已经开始，班主任已经在询问我的去向了。

我终于忍不住，开始了像我不争气的眼泪那样断断续续的叙述。车子的主人——我的同学于飞说，不要急，我们晚上回去找找。

我知道他是在安慰我。事实也证明了我的猜想。

不久，母亲知道以后，拿出些钱来，让我补偿一下于飞。

算了，一辆破车，值不了几个钱，于飞说，我路也不远，没关系的，同学一场嘛！

从那以后，家境贫寒的于飞，开始了步行上下学的高中岁月。

那辆车就这样丢失了。

当我写完上面这些纪念那辆早已尸骨未存的单车的文字时，电话响了。

胡作家，好久没见了，来喝我的喜酒吧！

我说，一定，一定，我还欠你一辆自行车呢！

于飞和我的笑声，在电话线两端，开成了两朵花。

新年的康乃馨

〇金　光

实在说，这样的天气她坐在这儿很委屈。可委屈有什么用啊，生活就是这样艰辛，只有这样坐着，每天看着一个个人从车站走出来，站在她面前拨打电话，然后付费，她才能有收入。

她只有 17 岁，这个年龄应该上高中，可不行，她得坐守这个讨厌的电话亭。自从她爸爸出了车祸，她守在这儿已经三年多了。她想，她还得继续守下去。守到什么时候，鬼知道。

现在是除夕夜，远处早已有爆竹在响了，透过铁皮房的窗口往外望去，能看到天空中不时升起的礼花。铁皮房里冷极了，她冻得瑟瑟发抖，不停地两手搓着，哈着气温暖有点僵硬的双手，但这几乎没什么作用。

她的世界就是这两个平米，一天到晚看着人来人往，每张面孔她都陌生，偶尔会有一个人在她面前停留一下，拿起放在窗口的电话拨打，然后问多少钱，她就看看计价器上显示的时间，说出准确的价格。对面的人匆匆付账，没有人多看她一眼。

母亲下岗了，弟弟要上学。母亲就把她爸爸生前经营的电话亭交给了她，自己到菜市场上去卖菜度日月。在这儿，没有人肯向她说一句多余的话。她还兼营着一些畅销杂志，没事的时候总爱低着头翻看。她从来都是轻轻地仔细翻动着，生怕把杂志翻旧了卖不出去。杂志看起来很新，可哪一个角落都有她的目光。但这会儿和往常可不一样，她异常孤单，听着远处不时响起的爆竹声，她多想锁了铁皮房回家啊。可她不能，后面每隔半小时就有一趟向东或向西的火车经过，说不定会有一些下车的人要来打电话，她得这样待着，直到最后一趟车驶过。

一对恋人从她面前走过，那女的一袭长发，紧紧地依偎在男的胸前，留下长长的影子慢慢地晃动着。她起先看的是那对恋人，等他们从她的窗口走过，她便盯着那影子看，直到影子完全从她的视线里消失。她又转回目光，搓着手，看远处不时升腾的礼花。

电话响了，是妈妈打来的。电话里传来春节联欢晚会主持人倪萍的声音："朋友们，再过五分钟，新年的钟声就要敲响了，让我们期待这一美好的时刻吧！"电话里，妈妈说的什么她一点也没听到。

"你好，打一个电话好吗？"突然，一张微笑的脸出现在窗口，是一位穿着大衣的小伙子。她一愣神，立刻笑着点了点头。她想，今天是除夕夜，很多人从外地匆匆向家里赶。她故意把脸侧向一边，不去听他的声音。

电话很快打完了，小伙子放下电话，依然微笑着看她：

“冷吗?”

“不冷。”她也笑笑，望着那张笑脸。

“我不信，肯定冷。”他调皮地说着，然后掏出钱包，拿出一张百元纸币递给了她。

“对、对不起，找不开。”她的确没有那么多的零钱找他，她有点抱歉。

小伙子头一抬，指着她身后的杂志说：“那我买你一本杂志吧，这样总能找开了。”

“那也找不开。”

小伙子有点为难了，踌躇了一会儿，毫无办法。

她说：“你走吧，不收你钱了。”

小伙子不好意思了：“那怎么行啊?”

“咋不行，你快回家吧，家里人等着你呢。”

小伙子沉默了一会儿，只好向她点了点头，离开了。

她重新把计价器归了零，正要抬头眺望远处的礼花时，忽然看见刚才年轻人递过来的那张百元钞票躺在电话机旁边。她一愣，立刻拿起钱，门一关追了出去。幸好，小伙子还没有走远，她一喊，他停了下来。

“钱忘记了!”她走上前递给了他。

“你为什么要这样做?”小伙子接过钱，反复在双手中递换着。“不为什么，这是你的钱呀。”她淡淡地笑了笑，转身离开了。小伙子在原地站了一会儿，消失在车站广场……

早晨，阳光洒满了车站广场。她在爆竹声中醒来，这才意识到是新年了。她打开那扇冰冷的铁皮房门，向外张望，忽然愣在了那儿：门前站着一位邮差，正要举手敲她的铁皮门。那邮差手里捧着一束正在怒放的康乃馨，递给她，然后拿出一张签单让她签字。她懵懂地签了字，邮差转身就走。她喊住了邮差："谁送的?"邮差指着花儿说："他没留名字。"她便去看那束花儿，发现花丛中有一张小卡片："但愿新年花盛开。"落款是"昨夜归人"。她的头"嗡"的一声，眼泪突然顺脸而下。

这是她真正的新年，有人知道了她的存在。

这时，一位老者走过来，拿起电话。打完了，问道："姑娘，多少钱?"

"免费，"她高兴地回答，"今天是新年。"说完，看了一眼面前的老人，咯咯咯地笑了起来。

冬生的夏天

〇朱道能

“冬生——”

正猫着腰拉一车砖坯的冬生，闻声抬起头来，见砖厂老板朝自己招手。

冬生忙走过去，问：“有事啊表叔?”老板是冬生一个村的远房表亲。

表叔把手机扬了扬：“刚才村主任打我的电话，说你的班主任找你有事，让赶快去一趟……”

冬生搓着手上的砖泥，问：“您知道是什么事吗表叔?”

表叔道：“没具体问，听村长的意思，是好事儿。别耽误了，赶快去吧——”

于是，冬生就在水管下洗了把脸，又去工棚里换了套干净的衣服，推出自行车，吱吱呀呀地去了。

远远地，冬生就看到学校白色的教学大楼。他不由得心中一热，脚下有劲了，一阵猛蹬。

学校的大门口，扯着一条长长的横幅标语：“热烈祝贺我校学生汪冬生同学考取北京大学”。

冬生笑了笑，推着车子，进了校园。

学校放假了，偌大的校园便显得空荡了许多。偶尔还有窗口传出声音，那一定是准高三补课的学生了。

在楼梯口，冬生遇上肩扛两桶纯净水的送水工。于是，他便伸手接下一桶，一起上楼。没有想到，正好就是送到班主任陶老师办公室的。

陶老师忙把电扇开大，又递过一瓶水。

“晒黑了，还瘦了，”陶老师心疼地看着冬生说，“听村主任说，你一直在砖厂打工，吃得消吗？”

“没事陶老师，挺好的，我一天能挣 30 块钱哩！”说这话时，冬生一脸的灿烂。

冬生的话似乎提醒了陶老师，他说：“叫你来，就是告诉你一个好消息的——”说着，他打开抽屉，拿出一张表格来。“省里有个企业家，计划资助 100 名优秀贫困大学生。每年 5000 元，直到大学毕业——咱们学校为你争取了一个名额……”

“真的吗？”冬生激动地站起来，一脸惊喜地接过表格。

“这个资助有个前提条件，就是父母双亡。”陶老师又说，“学校已经给你盖了章，你填完表格后，再拿到村里写个证明意见就行了……”

冬生听着，脸上的笑容在一点点褪去。他缓缓地坐下，一时无语。

陶老师走过去，拍拍冬生的肩膀，叹了一口气说："老师理解你的心情，但是你母亲已经失踪十几年了……即使还活在人世，她也不可能记得清回家的路了……"

冬生咬咬嘴唇，"嗯"了一声。

陶老师又说："实在是机会难得啊……有了这笔资助，你就可以心无旁骛地专心学习，去实现自己理想，成就一番事业……"

冬生说："陶老师，我知道……"

陶老师顿了顿，又说："你回去后，就把砖厂的活给辞了。因为这100名学生要去配合企业，进行一个月的巡回宣传——人家毕竟是企业，还是要讲一点社会效益的……"

冬生站起身，说："我明白的，谢谢您陶老师——我回去再考虑考虑好吗？"

陶老师又拍了拍冬生的肩膀。

出了校园，冬生又去了镇上最大的一家超市，买了一条香烟，这里每条要比村里小店便宜一块五角钱。他想等哪天下雨停工，回去看看爷爷。

办完了这些，冬生看看表，已经耽误了3个多小时了。他忙去修车铺给自行车加把气，准备往回赶。

修车铺的对面，是一片垃圾场。冬生无意地一瞥，就又看见了那个疯婆婆。

高中三年，冬生常常遇见她。一年四季，她那蓬乱的头发上，总爱扎根红头绳、缠个绿带子什么的，不管什么衣服，捡一件穿一件，一身的花花绿绿，稀奇古怪。但是她从不伸手乞讨，成天就吃在垃圾堆里，睡在垃圾堆里。

此时，她又在垃圾堆里翻找着什么。

突然，她抬起头来，冲着冬生咧嘴一笑，脸黑齿白。

冬生一愣，随即也笑了笑，就别过脸去。

冬生看到不远处，有家包子铺，就走过去把剩下的几个干瘪包子买下，又拿出那瓶陶老师送的矿泉水，向垃圾场走去……

骑了一段，冬生又回过头去。看到疯婆婆还站在垃圾堆里，远远地看着自己。冬生忙把头低下，一个劲地往前猛蹬。

回到砖厂，冬生一口气喝了两瓢凉水。他一抹嘴巴，拖起板车，进了车间。

表叔见了，就问："冬生，老师找你有什么事情啊？"

冬生支吾了一下，说："学，学习上的事……"

表叔"哦"了一声，又说："跑了这么远的路，就不要干了，去休息吧。"

冬生说："我不累。"

表叔嗔道："这孩子，还算你一天的工钱——"

冬生"呵呵"笑了："那我更要对得起表叔这 30 块钱啦——"说着，就猫下腰，拉起一车湿砖坯，稳稳地朝晒砖场走去……

被风吹走的夏天

○秦　俑

对我来说，那是生命中最难熬的一个夏天。

那天是高考分数线出来的日子，我没有跟家里人说实话。我说还得要几天时间呢，他们对我的话深信不疑。我的父母一大早就得去地里干农活。父亲头上的白发越来越密，他常跟我们兄弟俩说，秋天的收成怎样，就要看这一季的努力了。哥哥大我四岁多，上完初中就跟人去东莞打工，今年春节回来，承包了村里的制砖厂，经常忙得连饭都顾不上回家吃。

吃过午饭，我心神不宁地将牛牵到屋后的山坡上，选好一片青草地，将牛绳拴在树上，然后去了村子三里地外的一个食品批发部。在那里，有离我们村最近的一部公用电话。为了能在我家的牛将树周围的草吃完之前赶回来，我过去时几乎是一路小跑。但回来的时候，我完全忘了那头拴在树上的牛，我的腿里一定是灌满了铅，要不我怎么会觉得回家的路这么长？

离最低录取线差了两分。我不知道该怎样将这个消息告诉我的家人。我在村子外走走停停，停停走走，最后坐到了村口的桥墩上。村里的一个邻居大妈挑着担子走过我的身边，她问我坐这干吗，还大声提醒我，小心别掉河里头咧！我没有回头，我怕我一回头泪水就会忍不住，像脚下的河水一样哗哗地流出来。我想，如果真的不小心掉到河里，我就不用发愁怎么面对我的父母和哥哥了，我就不用看到他们脸上露出失望的样子了。

也不知坐了多久，我并没有不小心掉到河里。天色渐黑，四周响起此起彼伏的蛙鸣声。我一步一步地往回走，走到家门口，看到大门上挂着一把大铜锁。家里没有一个人，邻居说家人都出去找我和我家的牛了。我一口气跑到山坡上，牛果然将树周围的草啃了个精光。趁着月色，我看到我爸我妈还有我哥牵着一头牛从村子南边往家里走。他们的脸色一定很难看，因为他们只是找到了闯祸的牛。它从北边跑到南边，溜进别人家的菜园子，吃掉了半园子的玉米苗。

我又一口气跑回家，母亲正红着眼睛在淘米。父亲坐在煤炉边抽水烟，他一见我，就将烟斗重重敲在炉沿上，大声呵斥着，养你这么大，连头牛也看不好！哥哥赶紧将我推进卧室，我一晚上都没有说话，也没出去吃饭。母亲进来看过我几回，她不停地摸我的额头，怀疑我是不是生病了。哥哥给了我一个饼，是二叔家烙的。他问我是不是出成绩了，我背着脸说，还没呢，还得有几天。

第二天我起了个大早，或者说，我压根儿一晚都没有入睡。我跟父亲说，我想去哥的制砖厂做工。父亲的气还没有消，头也不抬地说，连个牛都看不住，你能做什么？我对父亲的轻蔑感到非常不满，干什么都行，就是搬砖块我也愿意！就这样，我去了我哥的制砖厂做工。哥哥告诉我，砖块刚烧出来时很脆的，需要从窑里搬到窑外，经过日晒雨淋，消掉一身的火气，才能砌成一面墙。我具体的工作，是将窑里烧好的砖一块一块搬下来，垒到担子上，再由力气大的一担一担挑出去。窑里很闷，砖面很糙，不大一会儿，我全身就湿透了，手心也磨出了三四个血泡。哥哥心疼地将他的手套摘下来给我，可是依然不管事，锋利的砖棱儿还是不小心划破我的手套，又划破我的手指。我没有吭声，身体上的疼痛可以让我暂时麻木，忘却分数的烦恼。只有等晚上回到家里，一个人躺在床上，我才重新清醒过来，于是又像一条搁浅在岸上的鱼，翻来覆去地睡不着。

那一年我十七岁，一米七四的个头，瘦得跟豆芽菜似的。一个多月又苦又累的工作，并没有让我变得更瘦，相反我感觉自己一天一天愈加强壮，就像地里疯长的玉米苗一样。半夜的时候，我经常会听到身体里有“咯吱咯吱”的声音，那是我的力气在增长。我一直没有勇气说出高考结果，很奇怪，他们也没有再问我。有好几次，在跟父亲和哥哥说话时，我试图往这个话题上引，结果他们都将话岔开了。我也没有看到他们脸上的失望，也许他们早就猜到了结果吧，也许他们从来都没有对我抱有希望。我的话变得越来越少，也不怎么爱出门去疯了。邻居大妈见到我，说我变黑了，长大了，像个男子汉了。我偷偷对着镜子看过自己，看上去有些陌生，嘴唇上都长出了一溜儿浅浅的胡茬。

下过一场雨，天气开始转凉。是9月初的一天，父亲一大早叫醒我。起来吧，今天该去上学了。母亲已经准备好了被铺，上面还散发着前几天晒进去的太阳味儿。哥哥将学费交到我手里，说是给我这一个多月的工资。父亲照例背着铺盖，送我到村口的桥头。父亲说，天气凉了，你在学校要注意身体。我接过背包，走在了通往复读的路上。一阵风吹过，我积蓄一个夏天的泪水终于忍不住飞落下来。

村庄渐渐地远了。这个夏天，也渐渐地在我身后远去了。

豆酥糖

○周　波

那年秋天，我 12 岁，读小学四年级。

有一天，我挎着书包放学回家，母亲在院门外的老槐树下拦住了我。母亲说今晚陪你姨睡去，我愣愣地看着母亲不说话。

姨是个好人，姨的家离我们家只隔着几条小弄堂。弄堂是小镇的筋脉。我穿过弄堂去姨家时感觉阳光不是很充足，还有几丝凉意袭来。

姨在房间里等我，姨说：来了？

嗯。我轻轻地答道。

今天咋了？平日里见姨不是挺开心的？姨说。

我没说话，只是瞧了瞧面前熟悉的脸，放下书包走进房去。

这是你睡的床，这是姨睡的床。这是你做功课的桌，这是姨织毛衣的椅子。姨跟着进来解释说。

我不清楚姨为何要这么详细给我解释，我只记得母亲对我说，姨怕独居的黑夜，怕黑夜里的风声。我跳上椅子，打开书包，刷刷地开始写作业。姨出去时在我的书桌上放了一包豆酥糖。我看见姨朝我笑了笑。

一晃几个月过去了，有一次我回家去。我中午每天回家的，只是下午放学后去姨家，然后一个晚上待在那儿。母亲问我，姨对你怎么样？我说挺好，姨每天给我吃豆酥糖。母亲说，这孩子，一包豆酥糖就把你哄成这样了。母亲说话时咯咯地大笑，那笑声一直飞到小镇的弄堂里。

姨每天很晚回来，这是我后来才注意到的。姨出门时一般都是8点以后，在这之前姨只是洗衣洗碗织毛衣，有时还和我聊聊天。姨出家门时天早就黑了，黑得连我也不敢外出。其实我不是怕黑，我是怕弄堂里的狗，狗吠声让人胆战心惊。我一直纳闷，姨怕黑屋子怎么就不怕弄堂里的狗呢？

有一天，姨带回来一个男人，那男人威武高大。我起先有点怕他，后来姨对他说去买豆酥糖，姨说话时笑得像吃了豆酥糖一样开心。那男人很听姨的话，给我买了一大包回来。我于是对他笑了。那男人从未在姨的房间里过夜，因为我和姨睡同一个房间。我只知道我趴在桌上写字时，那男人就坐在姨的身边看姨织毛衣。我睡觉时，听见姨说该回去了，孩子明天还要上学。

我后来和母亲说了那男人的事，母亲捂着我的嘴喊不许乱说。母亲说，你姨命苦哩，刚结婚不久，你姨夫出海遇上风暴死了，孩子也没留下。母亲叹了一口气，继续说，你姨的命，真苦啊，你乱说话，会害了你姨的。我于是没再提起这件事，我怕姨知道了会打我，而我再也吃不到豆酥糖了。

那晚姨又出去了，姨问我小孩子一个人待在家里怕不怕。我说姨你去哪儿，姨说她去外面办点事，晚上估计回不了。我说那我回家去，姨说我走了母亲就会一个晚上找她，因为母亲知道她怕黑。我愣愣地看着姨，听不明白姨在说啥。姨最后给我拿了两包豆酥糖过来，笑着说今晚多奖励一包。我从姨手里接过了豆酥糖，姨就走了。

我每天一早上学总要路过几条弄堂，弄堂里的情景我早已熟稔于心，倒是快忘了老家。我不怕早上的狗，那时候弄堂里全是进进出出的人，狗拴在铁链上一直荡来荡去看着我远去的身影。可我突然怕见人了，姨多给了我豆酥糖后的日子里，总有人在弄堂里拦住我，他们啥也不说只问姨的事。我说你们自己问姨去吧，我要上学。

我一直没说弄堂里的事，那晚姨又出去了，她忘了给我留豆酥糖。第二天我忍不住把这事说了。姨的脸色一下铁青下来，姨的眼睛很长时间没动过。我从来没见过姨这种表情，在我的眼里姨一直是微笑着的。后来姨蹲下身子缓缓地向我打听弄堂的事，我噙着眼泪说我啥也没说。我看见姨长长地呼出一口气，边笑边哭地抱紧了我。

那晚姨把家里所有的豆酥糖拿出来放在我的桌子上，姨笑着说全归你了。我开心得不得了，我从来没想家里藏着这么多的豆酥糖，我可以吃好多天呢。

姨晚出的次数慢慢开始增多，我好几次一个人待在家中。姨说她找到好工作了，经常要上夜班。我对她上不上夜班没兴趣，那是大人的事，反正只要给我吃豆酥糖就行。姨看着我的嘴巴扑了粉一样黏着豆酥糖，姨就笑，姨笑起来更好看了。我说姨你笑啥？姨笑得更厉害了。我说我还要笑你呢，姨说笑啥？我说我不告诉你。有几次母亲晚上突然来看我们，见只有我一人在就问姨去哪儿了。我对母亲说姨上夜班去了，母亲长叹一口气就没再问下去。可我从来没对母亲说姨晚上不回家的事，我知道这一说，豆酥糖就吃不到了。

那个男人后来我又见过几次，他还是不断地给我买豆酥糖。有一次我看见姨和那男人抱在一起痛哭，哭了很长时间。我拿着豆酥糖第一次没迅速拆开吃，我趴在桌子上听着姨和那男人在说话。姨哭着说：快走吧。那男人抱着姨的头一直在唉声叹气。这是我最后一次见到那男人，但他威武的形象一直留在我的记忆里。

每天早晨，我依然路过弄堂去上学。有一天，我突然不见了那条狗，那条铁链子也不知哪儿去了。我心慌慌地走过弄堂，我一直以为弄堂很暗，可那天弄堂里特别明亮。

母亲来接我回去了。我说我不回去，这儿有豆酥糖吃。母亲说姨不住黑屋子了，姨要走了。我和母亲说话时，姨出来往我的口袋里塞了好多的豆酥糖。我对姨说：姨，你怕黑时我再来陪你。姨笑了笑，说：你是个乖孩子。

别说我狠心

○江　薛

没考上大学，我来到这个叫长布镇的地方打工。一间七八平方的小屋，一张用红砖垒成的木板床，几本书，还有一些复杂却跟我的年龄一样朝气蓬勃的想法，这就是我的全部。

小镇的街道很宽，工厂整齐地在街道两旁排开，吸引来自天南地北的人们。当地人精明，筑起低矮却足以容身的小屋，对外出租，供不应求。

是冬天了，却穿不上母亲编织的毛衣，心中便多了一种感觉，书上说，那叫做寂寞。

那天加班到深夜，回宿舍后翻来覆去睡不着。突然，我听到一阵哭声，很伤心的哭声。我的心跳猛地加速。哭声断断续续，时高时低，有些苍老。仔细一听，哭声就来自隔壁。

我不知道邻居是谁。听哭声，能猜出是个中年男人。他怎么了？半夜三更为什么哭？我抱紧双臂，害怕。我甚至捂住耳朵，但无济于事，那哭声几乎就响在我的心里。

好一阵，我突然想：我的邻居是不是病了？这样一想，同情迅速弥漫开来，我下了床，决定去看看。

外面的凉风让我打了个哆嗦，深夜的工厂里散过来微弱的光，天空见不到一颗星星。

我来到邻居门口。简易的木门让哭声越发凄凉。屋内亮着灯，我走上前去敲门，半晌无人应答，哭声依然。我着急起来，使出更大劲儿，到后来顾不得了，猛地用力——“叭嗒”一声，生锈的铁栓被撞断，门开了。

我看到了我的邻居。很熟悉的一张脸，典型的吃苦耐劳的模样，黝黑，皱纹，像极了我乡下的父辈们。先前他似乎睡着了，这时才睁开眼，泪水随之也收了回去。他发现了门口的我，努力地睁大眼睛，用很奇特的眼神盯着我，一会儿他突然露出了笑容，吃力地对我说：“过来，孩子！”

他尽力地向我招手，而且反复试着想坐起来。我赶紧奔过去，把他扶起来坐好，我感到他瘦弱的身体十分烫手，显然是发烧了。

他显得十分兴奋，使劲将我的手攥住，微笑着说：“孩子，你来看爸了，爸好高兴，真的！”

我的心猛地一抖。

他费劲地喘着粗气，接着说：“孩子，今年你该十八了吧。一年多没见，你又长高了，手掌都长大了不少，爸也快握不住了。好，真好啊！”

我禁不住将另一只手伸过去，握紧，眼前渐渐地模糊。除了这样，我该如何面对一个把我当成儿子的父亲呢？我一瞬间明白了他的哭，在这个发着高烧的父亲的睡梦里，他一定是思念起了他的家乡和亲人来。

“孩子，你妈还好不好？有没有生病？你在家的时候要多帮帮她，知道吗？你别担心我，我挺好的，明年你就得考大学了，要认真要努力，明白吗？只要你有那本事，爸就是累死也让你念下去。”他微弱的声音里透着坚忍。

我孩子般地哭起来，仿佛眼前就是自己的父亲。突然，他捂住胸口，接着便是一阵剧烈的咳嗽。我回过神来，胡乱抹了眼泪，掀开被子把他挪到了背上。

我几乎相信，生病的就是我的父亲。我冲出房门，虽吃力但十分坚定地消失在黑暗里。

第二天早上，在一家诊所里，他的烧终于退了下来。那位和蔼的医生看着我熬得通红的双眼，赞许地说：“多亏了你，要不然你父亲……”我微笑着，始终没有否认。

回来后，似乎早已约定，我们谁也没提昨晚的事儿。将别人当成自己的儿子，想来都有些尴尬。

但从此，他便经常出入我的房间。他不是来做客，而是像一位父亲来关心儿子的生活。他会在我屋前适时叫醒我；他会对我说，别躺着看书；他会顺手将脏衣服拿过去；他会偶尔买回一只鸡，到有锅灶的老乡那儿炖好，端到我的房间……

他的话不多，但看得出，他对他所做的一切感到开心。

这样的冬天不冷，阳光像他的笑脸一样。

一个多月后，我总算下定决心离开。他很愕然，见我心意已决，只无数次重复那些我父亲曾说过的嘱咐。

离开那天，他去送我，我看到了他眼角的泪水。

难过刺痛了我的心，但我知道，我必须离开。我害怕，害怕有一天离不开浓浓的父爱，当一个逃兵回到我的老家，回到父母亲的身边。

我需要成长，我需要在这个世界的风雨中闯荡。

我想听听你唱歌

○刘卫平

两年以后，陈处终于来到了羊谷山村。

小车在坑坑洼洼的泥石公路上跑了老半天，才在一个四野看不到人的地方停下来。天上飘着绵绵不断的毛毛雨。陈处下了车，踮脚站在泥泞四溢的乡村公路上，张望了好一会儿，才看到了凹隐在山冲里的小村庄。

从公路到村里还有一段山路要走。陈处一边走，一边向路上遇到的几个农民打听谢小华的家。

呶，就是村里最后头那栋房子。

陈处看清了，那几乎是村里唯一的茅草屋。

整日在城里机关上班的陈处，与羊谷山村挂上钩，与羊谷山村的那栋茅屋挂上钩，或者更直接地说，与茅屋里的女孩儿谢小华挂上钩，这事是从两年前开始的。

上级安排机关干部与偏远山区的贫困学生开展一对一帮扶活动。陈处帮扶的对象就是羊谷山村的谢小华。名单是由上面统一定的。陈处按规定每学期开学前给谢小华寄200元钱。

谁料谢小华这女孩儿挺让人上心的。每隔一月两月，谢小华来一封信，向陈处报告她的学习和生活情况。

谢小华在信里说：尊敬的陈伯伯，这学期期中考试考完了，我考了班上的第三名。

陈处回信：加油，等你考第一名了，我来看你。

陈处随信给谢小华寄200元，作为奖励。

谢小华又来信了，陈伯伯，我们放寒假了。村里回来了一个学音乐的大学生，说我有唱歌的天赋，要我买把小提琴，好教我学音乐……

陈处又寄了200元。陈处在回信里说：去学吧，下次来时，我想听听你唱歌。

陈处的眼前，甚至很清晰地出现了一个蹦蹦跳跳的、欢快地唱着歌的山村小姑娘。

当谢小华再次来信时，陈处多了一份担心。因为谢小华在信里说：陈伯伯，昨天我上山砍柴，肩上被蛇咬了一口，半边脸都肿了。脸肿得老高，只怕以后唱不成歌了。

陈处又寄了200元，要谢小华拿去治伤。陈处回信说：你的脸会好的，以后还可以唱歌的。下次我来，好好看看你的脸……

两年了，终于来到了这羊谷山村！谢小华的学习怎么样了？她脸上的肿早消了吧？她唱歌唱得好听吗？

这回，一定要好好听听她唱歌！

敲了好一阵门，里面才传出一个妇人的声音。

陈处推门进去。

床上躺着的妇人是谢小华的娘，脸色苍白得像一张薄纸，仿佛一碰就会碰出一个洞来。

陆陆续续来了几个邻居。

陈处左右观望，没有他想见的女孩儿。

谢小华不在家。

通过和她娘以及邻居们的交谈，陈处才知道事情和他想象中的大不一样。

谢小华早就不读书了！

在陈处和谢小华结对帮扶才一两个月后，谢小华的父亲一次在山上砍树时被倒下的大树压死了。那时候，谢小华的娘卧病在床已有几年。她娘那病，每月要一百多块钱的药来维持。

司机问：陈处长寄来的钱没给谢小华读书？

陈处说：都给你买药了是不是？

过了片刻，她娘耷拉着的头点了一下。

司机问：谢小华没有买小提琴吗？

陈处说：她是找借口要钱给你买药是不是？

又过了片刻，她娘耷拉着的头又点了一下。

司机问：谢小华没有被蛇咬伤过吧？

陈处说：她的脸没有肿是不是？

又过了片刻，她娘耷拉着的头又点了一下。

司机显然有点气愤了。他说：原来你们这一切都是骗人的！

陈处摆摆手，让司机平静下来，也是让自己平静下来。

司机仍然无法平息怒气，司机对转身的陈处说：陈处，我们走！

陈处再次摆摆手，问：谢小华哪里去了？

旁边的邻居说：她到后山薅草去了，她家一对猪靠她喂的。

陈处出来，抬头望望，往后山方向走去。

刚出村，陈处蓦然看到一百来米远的山坡上，有一个女孩儿坐在一块山石上。石头高高地从土里长出来，女孩儿坐在上头，安然地唱着歌。

天上的毛毛雨仍在下。

女孩儿的歌声穿透薄薄的雨幕，悠然而至。

陈处循着歌声走去。100 米，80 米，50 米……

陈处离女孩儿越来越近。

还差二十来米远吧，女孩儿突然站起来，跳下石头，沿着横贯山坡的小道，飞奔而去。

陈处愣愣地望着奔跑着远去的女孩儿，耳里满是女孩儿的歌声。那是一首名曰《戒指花》的歌，有几句歌词，陈处记得很清楚：

你说你想听听我唱歌

你说你想看看我的脸

我不能唱歌给你听

因为一唱我就要流眼泪

我不能让你看我的脸

因为一看我就要流眼泪

冬　天

〇薛　涛

下面的故事源于我和雪拉对爱情的不切实际的估价。我们不谋而合地认为爱情产生的热能足以抵御大北方冬夜的寒流。我们坚信给对方一个拥抱足以胜过一件纯毛大衣。

我们按计划出发。我想门卫老头一定很不理解眼前这两个走向冰天雪地的孩子。

“这天挺凉快的!”我大声说，是想让他听见。在冬天里说“凉快”这本身就是对寒冷的一种蔑视。

“的确。我们走一夜。”雪拉也大声说。

“对，一整夜!”

我们发誓开创这所学校建校以来的恋爱纪录：为了爱情，来一次“夜不归宿”和“全校通报批评”。那老头尽可以按学校规定锁上宿舍所有大门切断我们的退路。

我们走在大街上，那是我们相爱以来最彻底最到位最唠叨的一次长谈。我为此热血沸腾。雪拉的脸格外红，弥漫着一层热气。这女孩挽着我高兴得像夏天绿草地上的一头小花鹿。我以为我们的肆无忌惮会惹来行人的品头论足，事实上那些行人都把自己裹得像份绝密文件，只顾踩着分秒瞄着某个方向紧赶。

又过了很长一段时间，车辆行人似乎都找到了家，这城市的大街变得宽阔无比，路灯闪烁，一派冷色调。我的身体不由自主颤了一下。我便感到不妙。我应该永远热血沸腾才对。雪拉则更加靠紧我，后来雪拉不情愿地说，天“凉”多了。我说，没有啊……

我们都不愿意怀疑爱情的巨大御寒作用。

我们在一家餐馆吃掉了两碗热拉面，吃得狼吞虎咽。雪拉多多地喝汤，不肯浪费一点点“热量”。这一遭挥霍掉了我们那晚的所有金钱。我们出发时只带了“爱情”，别的都忽略了。

夜在延续……

得说这半夜我们基本上是在热烈欢快的气氛中度过的。雪拉一个人提供给我的热量比我以往18年中所吃的米饭提供的总和还多。一切变化发生在零点以后。我相信那天的后半夜来了西伯利亚寒流，一下就冲垮了我们用爱情构筑起来的防寒大堤。

我们在一个避风的角落拥抱，并夹杂着身体的颤抖。而我们都明白，那不是激动，是寒冷。寒冷像一头猛兽站在我们面前，我们不知所措。

我们决定逃向火车站，那里的候车室至少不是露天的。很明显任何守法任何以赚钱为目的的旅社都不会接纳我们这对儿既没带身份证又没带钱的疯孩子。

我们死心塌地躲在候车室里，时而拥抱时而搓手跺脚，并暗暗咒骂每一个出入不关门的长尾巴家伙。渐渐地我们都没有了谈话的热情。这又让人感到尴尬。雪拉的脸色苍白得像搽了很厚一层增白霜。余下的夜开始拉长，寒冷无处不在无孔不入。雪拉缩成一团说，我真想死掉，真想。我于是一阵悲哀，我说我也想，不过为了你，我得活下去……

在这种情况下谁都会产生侥幸心理。所以我理解雪拉。我们便开始向学校挪动，幻想着能穿过一道道大门钻回自己的被窝里去。

走近校门时我俩变得小心翼翼。远远地能看见校门旁的收发室小屋还亮着灯光。

我不小心踢响了一块东西，马上听见小屋里一声咳嗽。

“是你们回来啦？进来。”那个老头的说话声。接着他出来了，手里的钥匙叮叮当当，很诱人的乐曲。

我和雪拉呆立，思维都快结冰了。

“我早掐算好了，过不了后半夜两点就得逃回来。还想走一夜？傻话。”

“您一直在等我们……我们其实是困了，不是，怕冷……”我支吾着。

走进学校了。我回头看见老头儿还站在那儿。借着灯光能看见他正瞧着我们狡黠地笑，还笑出了声。他救了我们，他违反了学校的规定给两个夜不归宿的学生开门，他居然等了大半夜……我的思维开始复苏。

我突然感到冬夜又暖和起来了。雪拉也说，怪了，天不冷了。

我就说，那咱们再等一会儿？雪拉没反对。

我俩站住，一齐看着门口那个小屋。直到那儿的灯光刷地灭掉，才感到寒流又来了。

表哥梅西

○墨中白

表哥梅西长得帅，特别是那双忧郁的眼睛，能淹没女人的心。说这话的是丫鬟小柴。

我并没有感觉到表哥的帅。我害怕看他那双忧郁的眼睛，我不懂表哥为什么喜欢到我家来看梨花开。

小柴常在我耳边夸，梅西会吟诗作画，真是才子。我却不喜欢听表哥念他的诗。他把画好的梨花送给我看时，我就一个字，好。

表哥摇摇头，一双忧郁的眼睛，更深不可测了。尽管表哥在院里画梨花，近在我的身边，可我却感觉他离我好远。

我喜欢梨花的香味，却不喜欢看着梨花开。一闻到梨花香，我就兴奋，感觉这个香味好熟悉。我就问小柴，像什么味道？小柴摇摇头，又跑去看表哥画梨花了。

这个顽皮的小柴，她怎么连这个香味都不知道呢，这不是她天天帮我买的糖人香吗？

听小柴说，吹捏糖人的小伙，也帅，他的手比女人手还巧，每天从他的手里，可走出许许多多千姿百态的女人。听着小柴夸捏糖人的好，我就问她，捏糖人的和表哥相比，谁更帅？小柴就会动情回答，当然是梅西了。说这话时，我能看到小柴粉白的脸上有点红，真似表哥画的梨花。

我和小柴一起上街，请捏糖人的，好好吹捏一个神似我的糖人。

街上很热闹，我有阵日子没有上街了。我是个大富人家小姐，小姐就应该坐在院子里，看着梨花悄悄开。可我却更喜欢逛街，逛街是不能让父亲知道的。我不明白父亲可以允许我在院里看一整天的梨花开，却反对我逛一会儿街。就连疼爱我的母亲也唠叨说，长成大闺女了，都快赶上梅西一般高了。

我也不懂母亲说的话，我长高，与表哥有什么关系。不过，我能感觉到，表哥已经不是那个童年和我争吵的梅西了，也不是那个少年与我戏耍的梅西了。表哥似是换了一个人，看我的眼睛，怪怪的。

我有点害怕表哥那双忧郁的眼睛。

小柴却喜欢梅西忧郁的眼睛，在她的眼里，梅西忧郁的眼睛比他画的梨花还好看。我常会看到小柴捧着两腮，看着表哥画梨花，看着看着，小柴的眼睛就会从梨花上移到表哥的脸上。

我想，小柴是在看表哥的眼睛，一定是。

我溜出去逛街的事还是让父亲知道了，父亲感觉到很没面子，严厉训斥我。幸好身旁的表哥站出来为我说了许多好话，父亲才息怒。

没有父亲的同意，我轻易不敢上街了。不过，有表哥陪着，父亲就会点头让我去。

我喜欢逛街，却不喜欢表哥在身旁，总感觉别扭。小柴却是一脸的开心，陪着梅西和我。

走在街上，我的眼睛更多是在寻找那个捏糖人的小伙子。听小柴说，他叫唐小糖，一个连名字都充满甜意的人。

来到唐小糖的摊前，许多人在围着，等吹糖人。我拉住小柴。表哥见我想吃糖人，摇摇头，笑了。

唐小糖的手，真能耐，嘴更会吹。听梅西说要给我吹糖人。唐小糖望了我一眼，用一根麦秸挑上一点熬好的糖稀，用嘴对着麦秸秆吹气，糖稀随即鼓起，然后揉、捏、转、摆，当看到唐小糖用手捏我的乳房时，我的心怦怦直跳，脸都红了。

看着羞涩的我，表哥一脸的开心，只是小柴嘟着小嘴。梅西又让唐小糖吹一个糖人送给小柴，拿着神似自己的糖人，小柴开心得像个孩子。

唐小糖吹捏糖人的过程中，我的眼睛更多盯着他的手看。现在，我才明白，为什么小柴喜欢看表哥的眼睛，而不是梨花，就像我一样，爱看唐小糖的手，而不是糖人儿。

从街上回来，我满眼都是唐小糖的手。看着羞涩的糖人，我没有舍得吃。小柴也没有，把梅西送给她的糖人小心地摆在化妆台上，一有空就盯着自己看。

只要表哥一画梨花，小柴还会跑过去，看还夸，一脸的开心。

小柴曾告诉我，夜里老是梦，梦见千树万树梨花开，梨花开得真好，还香。

其实这几天，我也老是梦，梦里全是手，抚我的长发，摸我的小脸，还捏我的胸……我羞极了，惊醒，胸上，是我的双手。

表哥再喊我去看梨花时，我总推说身体不适，想睡觉。

可我一躺下，就能梦见那双灵巧的手。我无法入眠。

看着渐瘦的我，表哥丢下画笔，心疼地守护在我的身旁，母亲问我想吃什么？

我糊涂告诉她要吃糖人。母亲心疼地摸着我的手，说了句，看长大了，还是个孩子。

唐小糖挑着担子来了。闻着那熟悉的梨花香味，我禁不住从床上坐了起来，深情地呼吸着。

母亲让唐小糖吹捏了许多糖人儿。

看着唐小糖挑起担子，一走。

我哭了，那么多的糖人儿，我一个也没有吃。

没有胃口？母亲问。

我摇摇头，又点点头。

身旁的母亲直叹气。我看见表哥转过身去，盯着梨花，看得出神。

满院的梨花，落了。雪白一片。

收起画笔，表哥要走了，说姑妈身体不适，盼他回家。

梅西背着画笔走了，把满树的梨花也带走了。

看不到梨花开，小柴拿着糖人，躲在我怀里，直哭，泪流了我一脸。

我在意的是孩子

○马　德

一伙儿自称是朋友的人聚会。

先是喝酒，继而是喝茶。客厅里弥漫着异样的亲昵味道，大家都有点喝高了，彼此称兄道弟，亲热得一塌糊涂。

男主人笑盈盈地忙上忙下，招待着他的这些朋友。与这边的热闹不同的是，客厅的一个角落里，主人的孩子豆豆，正摆弄着他的玩具，独自玩耍着。

又一个朋友来了。客厅里立刻掀起一个新的高潮。撤下去的酒，又重新回到了桌上。大家又是一番亲热。有好事者，把豆豆也喊过来，指着新来的人说："孩子，快叫，这是你杨叔叔。"其他人随声附和："这是我们最敬重的哥哥，也是你最亲的一个叔叔啊！"孩子甜生生地叫一声"叔叔"，大家都喊一声"好"。然后，斟酒，劝酒，言谈甚欢。

不大一会儿，一个电话打过来，刚来的那个朋友走了。

"姓杨的这小子，据说，又离婚了。"其中的一个人，几分探询几分肯定地来了一句。

“是。这家伙不是东西。我最看不上这号人。”另一个人附和的语气中，含着强烈的不屑与鄙夷。惹得一边玩耍的豆豆，抬起头来，惊异地往这边望。

“这个人，还奸诈得很呢。搞阴谋诡计，一套一套的。”说这句话的人，仿佛还在某个圈套的寒意里挣扎着，没有解脱出来。

“这个人很自私，只进不出，你都没法和他打交道。”大家你一言我一语，把姓杨的人贬得一无是处。

一旁的豆豆，张大着嘴，听得惊心动魄。

“有一次……”一个人正要举更为生动的例子，男主人赶紧给这个人递了个眼色。这个人微醉而漾红的脸，显出几分不高兴。他看了主人一眼，说：“怎么啦？难道你在意我说他？”

主人说：“哦，不是。”

“那，你为什么不让我说？”这个人有些脸红脖子粗。

“我是说，这样不好。”主人无奈地笑了笑。同时，主人用眼角的余光瞟了一下豆豆。

“那不就得了，你还是在意我说他。”这个人似乎真的不高兴了。

——突然间，主人爆发了，他的声音高得有些吓人：

“我是在意豆豆，在意我的儿子，他还小！”

仿佛电闪雷鸣，所有人的目光一下子聚了过来。

主人显然有些激动，说：“你们知道刚才你们所做所说的这一切，会对一个孩子的心灵产生什么影响吗？”

“人在的时候，你们哥哥长哥哥短的，一团和气，好得不能再好；人走之后，谩骂讥讽，又坏得不能再坏。一个好人，可以在转瞬之间，变成坏人。你们是否想过，这种舌根底下翻云覆雨的游戏，会对一个孩子心灵造成多大的影响！大人之间这些虚情假意的虚伪面孔，会让一个孩子的心灵蒙尘……”

大家噎在那里，半天没有说一句话。

后来，他们再也没有在孩子面前玩过这种丑陋的成人游戏。因为，他们发现，成人之间的游戏，有时是一根看不见的刺，在无聊自己的同时，也会刺伤孩子们纯真的心灵。

刺　青

○临川柴子

我经常堕入一个相同的梦，看到陈扬在一场大火中向我翩然走来，他的身体在我面前鲜花般地节节开放。

我是一个张扬的女孩，经常穿着喇叭裤或是迷你裙招摇过市，我整天出没于酒吧迪厅娱乐城，走在时尚的最前沿，也走在人们的口水中。

我不是好女孩，大家都认为从小缺乏父爱和母爱的我肯定不算好女孩，我奶奶除外，我在奶奶面前像只小猫一样乖顺，因此她根本不相信外面的那些传闻。

我的身后跟着一群男孩，这些坏孩子占据着我的天空，陈扬也在其中。

陈扬自卑而又胆怯，说实话，我一点儿也不喜欢他，可是我同样对他摆出一张笑脸，我像一个大众情人般活跃在这些男孩中间，我喜欢看着陈扬像听话的小狗一样跟在我后面，高兴时我会扔给他一些感情的骨头。陈扬也像一条很容易满足的小狗，和张强判若两人。

张强是一个很野性的男孩，但即便如此，也被我支使得团团转。有一天，我们经过雨街的银饰店，我说，张强，你敢在鼻子上打一个洞吗，张强说这有什么不敢，为了你，我敢上刀山下油锅。张强说着真的穿了一个鼻洞，吊了一个大大的鼻环，牛魔王似的，从那以后张强就自作主张认我为女友，他真是异想天开。

那时我们经常无所事事地在雨街闲逛，雨街开着各种各样的小店。在经过一家刺青店时，我看到不少男孩女孩在贴假文身，可以洗掉的那种，我说，男孩文身才有男子汉的味道，不过必须真的文。张强说这有何难，他走进文身店，要求那个瘦瘦的老板在他手臂上刻一条小龙，疼得龇牙咧嘴，陈扬在一旁看得心惊肉跳。我说，陈扬，你也文嘛，你要是文了，我就喜欢你。我说话的口气像在哄小孩，陈扬盯着我看了很久，然后摇头，说他怕疼。张强夸张地笑了，笑得很响亮，他说就你这货色还想做我的情敌，以后不要跟在后面了。

后来陈扬真的很少出现了，张强以护花使者的姿态出入我左右，这家伙一直当我是条鱼，现在开始收网了。一次在郊外的草地上他想使坏，我给了他一个耳光他才罢休，我以为这个耳光可以将他打出我的视线，可是没有，他照常嬉笑着在我鞍前马后。

我终于着了他的道，那是一个下着雨的晚上，那天他喝了一些酒，我闻到他嘴里陌生的烟草味儿和淡淡的烧酒味儿，还有他粗重的喘息，在一种尖锐的刺痛中，我知道我失去了一些东西，我听到张强嘟哝着说，我以为会有什么不同，原来和其他的女孩没什么两样。我再次给了他一个耳光，我叫他滚，他就真的滚了。后来的许多天，我心情低落，我常常一个人走过长长的雨街，经过刺青店，老板依然在为那些小青年文身，然后我想到张强，他那陌生的气味常常令我怀念，我想我可能是爱上他了，可是我的爱情还没开始就结束了。

雨街上，我又看到陈扬，他默然地走在我身边，我说，陈扬，你去文身吧。陈扬依然摇摇头，我说难道你真的怕疼？陈扬说，文身不是好男孩，我不文。我说我也不是一个好女孩呢，你离我远点吧，陈扬还是跟在我的后面，我大声叫着陈扬你还不给我滚！陈扬居然很忧郁地看了我一眼，他真的滚了，我又无助地哭了，我想陈扬真是个呆子，他这样的男孩，注定得不到女孩的喜欢。

我的忧伤只是转瞬，很快我又如鱼得水地活跃在新的男孩中，我忘记了张强也忘记了陈扬，或许，我还忘记了自己。

我真的忘记了自己，直到有一天桃红提醒我，她说小嫣，你知道吗，陈扬死了，就在今天。我知道今天娱乐城起了一场大火，我本来要去那里跳舞但是没有去，而陈扬却死于这场大火中，难道他会去跳舞？

桃红告诉我说陈扬是去救人的，他看到现场乱糟糟的一片，他听到一个刚刚从娱乐城逃出来的女孩哭着喊小嫣，说小嫣还在里面，陈扬二话没说就冲进火海中，陈扬在烟火缭绕的娱乐城摸到一个长发女孩，一把将她扯出，问，小嫣呢？女孩哭着说小嫣还在里面，陈扬又冲了进去，这一次，陈扬没有出来。

陈扬死在娱乐城，有一个叫小嫣的女孩也死在娱乐城，但不是我。

我拉着桃红一路跑到陈扬的家，我看到陈扬全身烧得面目全非，但是他保持着一个非常古怪的姿势，双手紧紧抱在胸前，好像胸口有什么值得他拼死保护的东西。

陈扬的父母费力将陈扬的双手分开了，他们要为陈扬更衣，我看到陈扬的胸口居然完好无损，他拼命护住的胸口有一个大大的刺青图，是一个女孩的头像，那个女孩叫小嫣。

笔直的烟

○秦巴子

不刮风的时候，烟囱里冒出的烟就是直的。在没有太阳的日子里，那烟就像画在宣纸上的一棵树，看见每家的屋顶都栽上这么一棵树，其实是很好玩的。黄昏里偶尔也会起风，那“树”就悠悠地摆动起来，袅若杨柳的样子。

“你看见我家的烟直了，就到林子里等我。”

这是女孩给男孩定下的约会的信号。

于是男孩和女孩在林子里见面。先说些村子里的闲话，接着颤颤地说些情话，然后就没有话了。其实还有一段沉默的时间四目相对，用眼睛说话。那就是说开始抚摩和亲吻，当然都是电视里的某一个场面的摹本。但时间比较短，也比较轻，没有更深入更实质性的内容。然后又是长久的四目相对。

女孩说：“该回去了。”于是女孩先走，男孩要等她走得远了，再绕一个很大的弯，从另一条路上回去。所以每次女孩走了以后，男孩都有一段时间用来回味嘴唇和手指上残留的感觉，这时的男孩就会轻声地哼唱一段曲子，感叹生活的美好。

其实男孩和女孩两家只是隔得并不很远，开了门就可以互相望见，只需招招手儿，根本用不着拿烟的曲直来约会。但女孩提出的时候，男孩觉得这样很有意思，很有一些浪漫的情调。所以男孩每天下午都要很用心地看看有没有风，烟是不是直的。

但烟有时候是靠不住的。

有一次男孩去了，女孩却没来，心里便觉得怪怪的。男孩在林子里转悠。他觉得有风的时候林子里更爽，他想，应该把这个发现告诉她。他还想，不如就改成有风的时候见面。但他随即就有了一个担心，担心女孩不会答应。因为这里有风的日子比无风的日子多得多，正像人们平时所说的：这儿很少刮风，一年刮两次，一次刮半年。因此我们也就知道了，这一对男孩和女孩，单独在一起的时候并不多。

下一次见面的时候，男孩问女孩：上次为什么没来？

女孩说：那天刮的东风，你家的烟直往西倒呢。

男孩说：我明明看见你家的烟是直的，就像旗杆。

女孩说：你家刮风了我家没刮。

于是都笑了：烟有时候是靠不住的。

到了刮风的日子，烟就会慢慢地飘散开来。所以整个春天里男孩总是很失望地望着女孩家的烟囱。

春天快要结束的时候，有一天烟终于直了。男孩看看女孩家的烟囱，又看看自己家的烟囱，急切地向林子里奔去。

女孩已经在那里了。

女孩说：我想了一个春天了，烟是靠不住的，我们不如就取消这个约定吧。

男孩问：那用啥办法呢？

女孩说：我下次告诉你。

这一次女孩没有让男孩太快地亲近。女孩坐在树根上自说自话：能到城里去看看多好，咱们这里太单调了，连烟都不知道变个样子，太没意思。

男孩说：我可不想去，城里人复杂，我觉得咱这老林子挺好，我喜欢烟像电线杆似的支棱着。

女孩望着远处的村子，望着房顶上冒出的烟。男孩望着女孩。都不说话。然后男孩开始抚摩和亲吻女孩。

女孩说：我该回去了。

男孩眼巴巴地望着她：下次怎么见面呢？

女孩也望着男孩：下次告诉你。

男孩还要在林子里转悠一阵，回味嘴唇和指尖上残留的感觉。但这一次他没有哼什么曲子。男孩这时候已经知道自己犯了一个错误，是逻辑错误。

女孩很机巧。先是取消了以前的约定，然后却又说："下次告诉你。"男孩知道那意思是没有下次了。但整个夏天里，每当烟直了的时候，男孩还是固执地走到林子里，在绝望中，寻找一点点可能和希望。

秋天的时候，男孩在他们常常倚靠的那棵树上找到了一张字条，是女孩留下的。字条上说：我很好，城里很有意思，烟囱很少，电线杆子很直，烟却总是迷乱。

红樱桃

〇靳会强

村头一棵樱桃树下，坐着一个绿衣女子，女子的身边卧着一只小黄狗。四月的午后，光暖气薰，那女子仿佛睡着了。她是在小黄狗的吠声中抬起头的。看见他的一刹那，她的脸微微一红，然后不好意思地笑了。

他穿着白衬衣，推着自行车站在那里，看看绿衣女子，看看小黄狗，又看看那满树的红樱桃，也笑了。

女子问："你是收樱桃的？"

他愣了一下："对，收樱桃的！"

"全要吗？"女子坐在那里，一边逗着小狗，一边问。

"全要！"他爽快地回答。

女子又说："我家没人摘。便宜点，你自己摘，行不？"

"行！"他嘴里应着，却没有急着上树，而是蹲下来，吹着口哨，朝小狗招着手。小狗朝他跑几步，看看他，摇摇尾巴，又扭回头看看女子，再摇摇尾巴。

他对小狗说："去，跟你姐姐说，这个人是个大笨蛋，他上不了树，要她帮忙推一把!"

女子的脸又微微一红，叫声"小黄"，小狗就跑了回去。她摸着小狗的头，说："去，告诉你哥哥，一个大男人上不了树，谁信!"

小狗跑过来，站在先前的地方，一边摇着尾巴，一边对着他仰起头吠。

他越发觉得这女子有意思了，于是取过绳子，一头绑在篮子上，一头系在腰间，三下两下就上到树上。

站在高高的树杈上，他一边小心翼翼地摘着樱桃，一边透过枝叶的缝隙看着地下。女子仍然坐在那里，她那又黑又大的眼睛时而望望树上，时而望望远处，时而又落在小狗身上。那只小狗不安分地跑来跑去，脖子上的铃铛哗啦啦直响。

摘完一枝，他把一枚樱桃放进嘴里，酸酸甜甜的滋味，一下就从嗓子眼儿甜到了心里。他从枝丫间伸出头对那女子喊："你家的樱桃真甜！来，我给你扔几串，你也尝尝吧?"

女子没有动，笑着对他摇头。

小狗听到喊声，仰头看着树上。他忍不住一笑，把那串樱桃扔给了小狗，说："你姐姐不吃，你吃！吃了告诉我你姐姐叫什么名字!"

那女子的嘴也不饶人："想知道我名字？你喊一声姐，我告诉你!"

他尴尬地笑笑，心里却跟吃了樱桃一样，甜甜的。

不一会儿，篮子满了，他又朝那女子喊："来，接一下！"

女子只是摇着头笑，并不起身，像是故意要和他逗着玩。没有办法，他只好下到主杈上，准备亲自送下去。

这时候，女子的母亲突然出现了，一看见吊下来的篮子，就急忙上前接住了。不知为什么，女子的母亲一来，他就觉得浑身上下从里到外都不舒服。

他想，等一会儿她就会离开的吧？他手上的动作慢下来，磨磨蹭蹭，想着她或许还有别的事，等不着这一篮下去就会走的。可是篮子又快摘满了，她还不走。看样子，她是不会再走了。

他只得把篮子又放下去让她接住。

再摘的时候，他不由就加快了速度。

终于，树下的筐子装满了。

他嗖地从树上跳下来，说："好了，就这一筐吧！"

那女子看着他说："你说话不算数！你说过全要的！"

他一边挠着头，一边说："我刚才说了吗？我不记得我说了啊！"

女子不再接他的话。

过完秤，付完钱，推着自行车准备要走，他朝女子笑了一下。女子也朝他笑一下，可并没有起身要送的意思。倒是女子的母亲看出了他的心思，叹一口气说，去年摘樱桃时，她不小心从树上摔了下来，落下毛病，走不成路了。

他的心猛地一沉，禁不住又看了那女子一眼。

女子没有看他，正低头逗着小狗。

他顿了一下，什么话也没说，转身推着那一筐沉甸甸的樱桃，默默地走了。

小黄狗突然向前跑几步，对着他的背影汪汪地叫了起来……

青柿子

〇郑成南

那年，我念初二。学校离家远，二十多里路。家里穷，吃了上顿没下顿，供我上学不易。周日从家里带的粮食，不到周三就吃完了。剩下几天，饿着肚子熬。真熬不住，趴在井边喝水，咕咚咕咚，喝得怡然自得，肚子开胀。我想，要是粮食也跟这井水一般，源源而来，该多好。

学校周边是菜地，种些黄瓜青菜之类。晚上，学校安排自习，要求每人都到。有人会借上厕所之名，偷偷跑出教室，跳进菜地，摘刚掉花的黄瓜，刚抽芽的嫩菜心。大家饿极了，顾不得。附近农民很气愤，常闹到学校。学校严厉禁止，以退学威胁，但无济于事。

那个星期，家里带的干粮少，到了周二全吃完了。熬到周四，我已饿得晕沉，连走路说话都不能。晚上，我坐在教室，无心看书。我想，今晚，无论如何要弄点儿东西吃。见前面几个同学相继出去，我也溜出教室。在学校操场上，我走了一圈又一圈，我不敢去菜地偷摘瓜果。踌躇再三，还是去了。秋夜寂寥，月明星稀，清风吹拂。环顾四周，田野萧瑟。我顿了顿，鼓足勇气，跳进菜地。凭借月光，我满地寻找。可是，没找到一根瓜一棵菜。正沮丧间，突然，看到地头有棵树。那是棵柿子树。在操场上体育课时，我看过这棵树，繁密的绿叶，挂满了青柿子。我心头掠过一丝喜悦，攀着树枝，一跃而上。满树的青柿子，翡翠似的。我挑大个的摘，顾不上下去，就站在树上吃。柿子青涩难咽，一口气吃下十来个，嘴巴麻了，舌头也摆不动。我抬头看了看月亮，明净如水。我满足地跳下来，正想跑，一双大手从背后伸过来，逮住我。我吓坏了，想抽身，但是已不可能，那双大手多么有力，像一把钳子卡住我胳膊。“偷柿子，你小子好大胆!”我不敢回头，我知道，今晚栽了。他说：“我注意你好久了，等学校处理吧。”我急了，眼泪吧嗒吧嗒掉下来。我说：“叔，往后，不敢了，确实太饿了。”他扬一下手，态度坚硬，说：“你回吧，看学校处理。”我一路疯跑，不敢回教室，装病，早早睡了。第二天，开始闹肚子，拉得肠子都直了。

接下来的每一天，我都在恐惧中度过，我担心他会来学校，向学校反映，然后要求学校开除我。不管有多饿，我都不敢摘瓜摘菜，也不再趴井边喝水，越喝越饿。我捧着书，反复读，读得肚子感觉不出饿了。我想，不知哪天，他突然来学校，我的前程也就画上了句号。我心头掠过苦涩的青柿子味，还有他严厉的目光。然而，一直到期末，天气转凉，那棵柿子树，叶子黄了，掉了，柿子也摘了。他始终没出现，我想，他是不是不追究了。我开始松了口气，心头的包袱也放下了。

学校放假前一天，我们集中坐在教室，校长突然出现在门口，身后跟着他。我一看，慌了。校长注视着教室，目光慑人。我耷拉着脑袋，不敢看，最担心的事，还是来了。校长清清嗓子，叫我去他办公室。众目睽睽之下，我哆嗦着，诚惶诚恐，我知道校长叫我的目的。我跑出教室。到了校长室，我扑通一声跪下来，我哭着说："叔，我错了，往后再不敢了，别让校长开除我。"校长和他都吃惊。他不知所措，忙扶起我，说："你这是做啥?"我说："叔，我给您磕头。"说完，咕咚咕咚给他磕了三个响头，我很用力，额头破出了血。他说："娃，你起来。"我说："你不答应，我就不起来。"他说："娃啊，你别担心，校长不会开除你的。"校长笑着说："他是给你送柿子来的，你看，半筐柿子，熟了，灯笼似的。"我一看，在校长办公桌上，果然有半筐红柿子。他说："娃啊，听校长说，你是学校最有希望的孩子，这筐柿子给你吃，往后，不能像他们那样，偷偷摸摸的。该好好念书，有困难，找叔。"

后来，我初中毕业，考上高中，去了县城。每年，他都给我捎柿子。大学毕业后，结婚了，我请他喝喜酒。他说："娃啊，你要啥礼物啊?"我想了想，说："叔，给我捎几只柿子吧。"他说："还没熟呢，青柿子，苦着。"我说："没事。"他果然给我捎了几只青柿子，当着他面，我一口气吃完，狼吞虎咽，如当年。在场的人，都看呆了，说，苦涩苦涩的，怎么吃。而他，笑了，笑得像个孩子。

绳 索

〇江双世

我哥喜欢上那个女孩是在上高中时。

女孩是班上的班花。全班二十多个男生几乎都对她有那个意思。只是有的害羞，不敢表露出来；有的胆大，就写张纸条夹在女孩的书本里。以至于女孩每次翻书都提心吊胆的，像拆定时炸弹似的，生怕一不小心就会有纸条像蝴蝶一样飞落下来。

我哥属于胆大的那种男生。不过，他没有给女孩递纸条。当他认为自己喜欢上那个女孩时，他就趁星期五女孩回家时，在路上截住了女孩，直接对女孩说，我想跟你处对象。

女孩冷不丁听到这句话，愣了一下，脸羞得通红，说了句，你神经病啊！就气呼呼地走了。

他挨了一顿抢白，不但没有气馁，反而更坚定了追求女孩的决心。下一个星期五，他又在路上截住了女孩，手里还捧着一束不知从哪里弄来的鲜花。

自从上次那事后，女孩再也不敢一个人回家了，每次都和几个女生一起走。这次，女孩有女同学压阵，底气更足了，就站住，一本正经地对我哥说，你还是死了这条心吧，我们根本就不可能。我最看不起你这种不务正业的浪荡公子！至此，我得交代一下，我的父亲是包工头。在这座农村孩子居多的中学里，我们的家庭条件算得上凤毛麟角了。所以我哥他仗着老子有钱，在学校里就有点飞扬跋扈。

但是这次，女孩的话重重地挫伤了我哥的自尊心。他像一个真正的失恋者一样，痛苦了好几天。痛定思痛，他暗暗发誓，一定要混出个人样儿，绝不能让心爱的人瞧不起。

于是我哥开始一门心思温习功课。以前他上课的时候都跑出去玩，现在，课间休息的时候都很少出去，呆在教室里看书，礼拜天回到家里，就把自己关在东间屋里，一直学到大半夜。有了学习的动力，他的功课很快就赶上来了。期中考试的时候，他还进了前十名呢。

当老师公布成绩时，我哥想，这次，女孩该对我另眼相看了吧？但是，当他得意地望向女孩时，火热的心一下子又跌回到了冰点。女孩只是轻蔑地看了他一眼，就和同桌说笑去了，根本没拿他当回事儿。

我哥心里憋着一股劲儿：总有一天，我要让你对我刮目相看。

转眼就到了高考，我哥故意和女孩考上了同一所大学。

在大学里，他们虽然不在一个班，但仍可以天天见面。我哥寻找各种机会接近女孩。为了和女孩打一声招呼，他会在去图书馆的路上等很久，直到女孩出现；在食堂里，他死皮赖脸地帮女孩打饭，还把好吃的分到女孩的碗里，寻找一切机会和女孩坐在一起。可是，女孩仍对他很冷淡，甚至流露出了反感。

可想而知，他是多么郁闷啊。我判断，我哥就是从这时候开始偏离了正常的人生轨道。

他把所有的精力都用在了学习上，力争在成绩上超过所有的同学，以期能够引起女孩的关注。

这期间，女孩谈了个男朋友。两人经常手拉手在校园里散步，有时，还当着我哥的面无所顾忌地做些亲昵的动作。

我哥怎么能忍受得了呢？

思来想去，我哥去找女孩的男朋友，恳求他说，女孩是我的恋人，请你不要夺我所爱。这个男孩不动声色地问他，她知道你在追求她吗？

我哥点头，说，知道。

这个男孩又说，你们确定恋爱关系了吗？

没有。

这个男孩笑笑说，我现在要郑重地告诉你，我才是她名正言顺的男朋友，请你以后不要再缠着她了。

我哥是流着泪走的。

可是女孩知道这事后，气冲冲地去找我哥，说，我们是不可能的，你不要白费心机了。

我哥决然地说，我爱你，我一定不会放弃你的，我会让你看到我有多么优秀。

女孩无可奈何，摇了摇头，走了。

大学毕业后，同学们各奔东西，唯独我哥还留在学校里攻读研究生。寒窗苦读的日子是孤独的，但是我哥硬是熬了过来。

当女孩把她结婚的请柬寄给他时，我哥愣住了，感觉自己仿佛一下子跌入了万丈深渊。

失去了奋斗的目标，他不知做什么好了。

故事到这里，似乎可以结束了，但是，我哥的生活还在继续。

当女孩抱着孩子来看他时，我哥在攻读博士学位。

女孩望着我哥清瘦的脸庞说，你年龄也不小了，该成个家了。

我哥苦笑着说，我现在除了读书，什么也不会，哪个女人肯嫁给我啊。

我哥直到现在——三十七岁了——还没找对象。当我问他，你现在是不是还忘不了那个女孩？我哥认真地想了想说，不是。其实，那个女孩，我已经淡忘了。

我疑惑地问，那你为什么还不找对象呢？

我哥深深地叹了一口气，说，你不会懂的。然后就茫然地看着窗外发呆。

我想了很久也没想明白，我哥为什么至今还没找对象。但有一点我想明白了。我哥的一生，是被一条看不见的绳索束缚住了，怎么也摆脱不了。

身后的眼睛

○曾　平

那是一头野猪。

皎洁的月光洒在波澜起伏的青纱帐上，也洒在对熟透的包谷棒子垂涎欲滴的野猪身上。孩子的眼睛睁得圆圆的。野猪的眼睛也睁得圆圆的。孩子和野猪对视着。

孩子的身后是一个临时搭建的窝棚，那是前几天他的父亲忙碌了一个下午的结果。窝棚的四周，是茂密的包谷，山风一吹，哗啦哗啦地响个不停。

孩子把手中的木棒攥得很潮湿，这是他目前唯一的武器和依靠。孩子的牙死死地咬紧，他怕自己一泄气，野猪趁势占了他的便宜。他是向父亲保证了的，他说他会比父亲看护得更好。父亲回家吃晚饭去了。孩子是吃了晚饭之后主动向妈妈提出来换父亲的。

野猪的肚子已经咕咕地响个不停。野猪目露凶光，龇开满嘴獠牙，向前一连迈出了三大步。

孩子已经能嗅到野猪扑面而来的臊气。

孩子完全可以放开喉咙喊他的父亲母亲。家就在不远的山坡下。但孩子没有，孩子握着木棒，勇敢地向野猪冲去，尽管只有一小步。这已经让野猪吃惊不已。野猪没有料到孩子居然敢向它反击。野猪嗷嗷嗷地叫个不停。野猪的头猛一收缩，它准备拼着全身的力气和重量冲向孩子。

在窝棚的一个角落，一个汉子举起了猎枪。正当他准备扣动扳机的时候，一双手拦住了汉子的猎枪。汉子是孩子的父亲，拦住他的是孩子的母亲。

孩子的母亲一边拦住孩子的父亲，一边悄悄地对他说，我们只需要一双眼睛！汉子只好收回那只蓄势待发的枪。

孩子的父亲和母亲的眼光全盯在孩子和野猪身上。月光洒在孩子父亲母亲紧张的脸上，他们的担心暴露无遗。孩子的父亲和母亲已经躲在窝棚的角落有些时候了。孩子没有退缩，也没有呼喊，他死劲地咬紧牙，举起木棒严阵以待。

野猪和孩子对视着。

野猪恨不得吞了孩子。

孩子恨不得将手中的木棒插进野猪满是獠牙的嘴。

野猪喘着呼噜呼噜的粗气。

孩子的心咚咚地跳动。

月光照在孩子的脸上，青幽幽的。一粒粒的细汗，从孩子的额头，缓缓地沁出。

野猪的身子立了起来。

孩子的木棒举过了头顶。

他们都在积蓄所有的力量。

突然，野猪扭转头，一溜烟跑了。

孩子长长地嘘了一口气，一屁股坐在了地上。

孩子的父亲母亲放下一颗悬着的心走了过来。父亲激动地说，儿子，你一个人打跑了一头野猪！父亲的脸上全是得意。

看见父亲母亲从窝棚里走出来，孩子突然扑向母亲的怀抱，号啕大哭。一点儿也没有了先前的勇敢和顽强。孩子的小拳头擂在母亲的胸上，说，你们为什么不帮我打野猪？

孩子的母亲抱起孩子，重复着父亲的话，说，儿子，你一个人打跑了一头野猪！母亲的脸上全是赞扬。

孩子依然不依不饶，哭着说，你们为什么不帮我打野猪？

母亲一本正经地说，我们帮了你啊！我和你父亲用眼睛在帮你！

孩子似懂非懂。他只好仔细地看了又看父亲母亲的眼睛，父亲母亲的眼睛和平时一模一样——怎么帮的啊？

那孩子就是我。那年我七岁。

十五岁的冬天

○于心亮

我在15岁那年的冬天身上带了把刀子。我想：谁再胆敢动我一指头，我就让他白刀子进红刀子出！

刀子硬硬地掖在我的腰里，它使我的腰板挺得很直，我冷冷地睥睨着出现在我面前的每一个人，我用眼睛对他们说：不怕死的，来吧！

下雪了，雪花纷纷扬扬落了厚厚一层。我站在雪地里，是罚站。期中考试我拖了班级的后腿。班主任不仅罚我站，还朝我脸上打了两巴掌。我把一口血水吐进雪地里，殷红点点，极像盛开的梅花。我狞笑着对班主任说："你再动我一下试试！"班主任于是又打了我两巴掌。我就在他转身的时候，掏出了刀子。

班主任见了扭头就跑。我走进教室，狠狠地把目光向一个个同学投去，他们全都不敢迎接我的目光，他们大气不敢喘一口。我说："你们不是喜欢欺负我吗？来吧！"

很快，有人隔着窗玻璃远远地喊我，说校长有请。我隔着衣服把腰里的刀子摁了摁，然后踢开教室的门，去了。

校长的办公室很暖和，炉火很旺。我瞄着桌上的电话机，想着在动手之前，得把电话线割断。校长在研墨，一下一下。我不知他想干什么。我的手怕冷，放在腰里。

“听说，你会写一手很漂亮的毛笔字?”校长慢慢研墨，慢慢地说。

我不回答，我还是不知道他想干什么。我眼看着校长，耳朵听着窗外。窗外没有人来，只有雪花扑簌扑簌落地的声音。

“你为什么要带刀子?”校长问。

“同学们常打我，我告到老师那儿他不但不管，还说我这样的学生就要揍。”我说着就流下了泪水。

“来，把你所痛恨的人的名字，写在纸上。”校长递过来一支小狼毫笔，微笑着说。

我不动。我不知校长葫芦里卖的什么药。我看他一头花白的头发，想，我 15 岁的身躯足以把他掀倒。炉里煤块砰一声响，吓了我一大跳。

校长又笑了。我很生气——我会怕你不成?写就写!

我在一张张纸上飞快地写下所有我所痛恨的人名。我想一个一个把他们杀了!

校长一直在朝我的字点头，说：“好字!”又看着我说：“放学后，你去我家。”

一株腊梅在墙角瘦瘦地绽放，一庭暗香。我吸吸鼻子，惊讶地瞅见我写的仇人的名字，它们全都被粘贴在一根根木柴上。校长给我一把利斧，说：“砍吧！”

庭院中只有我一个人，漫天的雪花中，我嘶喊着，把我满腔的仇恨一斧又一斧飞快地劈下去，我劈得满脸是汗，满脸是泪……

雪花静静地看我，腊梅静静地看我，院外，校长也在静静地看我……

在那个暗香暖暖的小庭院里，我劈了半个月木柴。到最后，木柴都变成了筷子。神清气爽的我捧着筷子大笑，校长也捧着筷子大笑。

第二年夏天，我顺利地中学毕业，同时考上了地区的卫校。我很高兴。

离校的那一天，我到校长那里去。我取出刀子，精心削了一个苹果，然后连同刀子一起送给校长。在暖暖的微笑里，我朝头发花白的老校长深深地鞠了一躬。

你妈妈喊你回家吃饭

○王娟娟

“贾君鹏，你妈妈喊你回家吃饭。”这句话，是我从六岁起，最想听到的一句话。

那时候，正是贪玩的年龄。一群小伙伴儿到一起，不疯得天昏地暗哪行。于是捉迷藏的捉迷藏，掏鸟蛋的掏鸟蛋，忙活得忘记了饥饿。到了吃饭时间，村子里会横七竖八布满大人喊孩子回家吃饭的声音。听话的孩子一溜烟跑回家，匆匆扒完饭飞奔回来时，还不忘抹着嘴角的饭粒，给仍在疯玩的伙伴捎个口信：韩小元，你妈妈喊你回家吃饭。

那些玩兴正浓的孩子，是不乐意听到这句话的，因为听到这句话，就意味着不能再玩下去了。没有人知道，我对这句话有多么的梦寐以求。

因为我只能是那个给别人捎信的孩子。因为我妈妈是个哑巴。

我家院门前有棵大槐树。每到吃饭时间，村里人总爱三三两两端着饭碗来到大槐树下，边吃饭边聊些家长里短的事儿。我妈总爱在这样的时刻，从院子里跑出来，嘴里啊啊呀呀个不停，还手舞足蹈的。即使我爸将院门锁上，一到饭点，她也还是会爬上墙头，照旧在人多时刻发作一番。

我妈的出场，总会引得人们哄笑起来，而小孩子们，则被吓得哇哇大叫，连蹦带跳逃得远远的。看到我，会大老远地朝我嚷嚷，贾君鹏，你妈又在发疯了。

因为我妈，捉迷藏时，我只能是那个被十几个人围追堵截的；掏鸟蛋时，我也只能是那个蹲在树下让人踩着肩膀往上爬的……

很多时候，我都会怀念我的外公。外公去世前，在镇供销社工作，因为他，我们家境还是殷实的。他时不时地带给我大白兔奶糖，我可以用这些大白兔奶糖，讨得小伙伴们的欢心。

长大后我才知道，我爸之所以会娶我妈，也是图着这份殷实的家境。在这之前，我爸只是一个从深山里出来讨生活的货担郎。

我爸不爱我妈，也是不屑和我妈培养爱情的。尤其是在我外公外婆相继去世之后。

终于在我八岁那年，有一天，我爸忽然把我拽到屋里，小心翼翼地问，给你找个新妈好不好。

我知道那是什么意思。那时候我爸的货郎担子已经沉甸了很多。我从村子里走过时，常常会遇到上了年纪的老人拽着我说，君鹏，你爸要给你找后妈，你可别答应啊，后妈一来你妈和你可就苦了。

我不怕苦。我只是问，爸，后妈是哑巴吗？得到我爸否定的答案后，我说，行。

我那时满脑子想的，就是终于可以听到别人对我说“贾君鹏，你妈妈喊你回家吃饭”了。

我爸很快就给我找了个新妈。他把我妈的铺盖卷儿扔进了院子里破败不堪的茅草屋。

我几乎是掰着指头数到了我爸结婚那天。村子里的老人们坐在大槐树下，议论着我和我妈妈以后的生活，把头都快摇掉了。我没空听这些，憧憬着那将会听到的呼唤，一次次咧开了小嘴。

再到吃饭的时候，我终于听到村子里响起自己的名字了。我的新妈扯着嗓子喊，贾君鹏，贾君鹏。

我故意不回家。等着韩小元他们飞奔过来对我说，贾君鹏，你妈妈喊你回家吃饭。可我等来的，是拿着细柳条怒气冲冲的新妈。

忘了说了，我们村有很多柳树。村里的小孩都知道，柳条越细，打得越疼。

那天以后，我不再对那句话有任何幻想。

不久，我开始上学了。而我妈，也很少再发疯。却是苍老得很快。我不知道这是为什么，直到有一天放学时，我看到我爸的拳头砸在了我妈身上。那个女人在一旁数落着，大抵是些我妈总是头发蓬松，上面还挂着几根稻草的样子让她讨厌的话。

没过几年，我妈就得病死了。我也开始上中学，住校。接着就是高考。考上大学后，我再也没回去过。我在城市里工作，成家……我把那些关于村子，尤其是关于母亲的记忆，当做一本不怎么样的书，合上后就束之高阁，不曾拿下来翻阅过。

直到我自己当了父亲。直到那天。

那是个周末。妻的学生乐乐在我家补课。妻因为上火，舌尖溃疡了一大片，难受得直咽口水，就在客厅看乐乐写作业。我做好饭菜，来叫妻吃饭。妻却不动，拍拍乐乐，开始呜呜啦啦地说些什么，还挥舞着双手比划着，最后实在是比划不清了，就忍着痛说，乐乐，帮我去隔壁叫小曼回来吃饭吧。接着乐乐就跑了出去。我听到她在外面喊，贾小曼，你妈妈喊你回家吃饭。

突然间，我的胸口仿佛压了一座大山般闷不透风。妻子呜呜啦啦含混不清连比带划的样子随着这十二个字在我的脑海里变得无比清晰，和我儿时记忆里的画面重叠在一起。

耳边不断响起“贾君鹏，你妈妈喊你回家吃饭”的声音。这声音，有韩小元的，有游小睿的，还有张大爷、王大婶和李大妈他们的。只不过他们说的是，贾君鹏，你妈又在发疯了。

我这才知道，原来我是听到过我妈妈喊我回家吃饭的，并且无数次地听到过。所有人都知道她是个哑巴，却都忽略了她也是一个母亲。

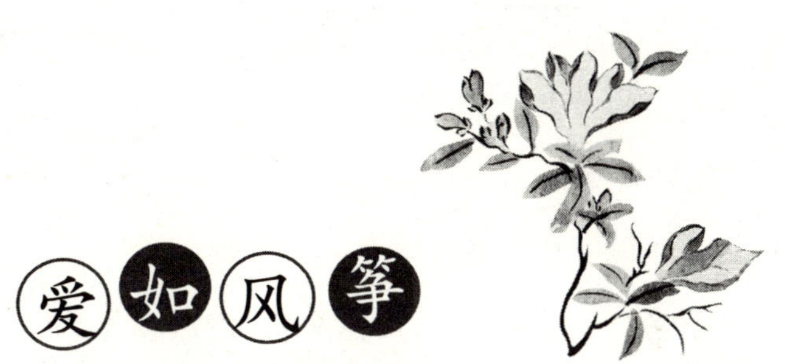

爱如风筝

其实爱很简单，那是庸常岁月中，一句话，一个眼神，甚至只是一碗粥。

温暖一生的假糖

〇余　华

下岗后，我开了一家糖果店，生意很不好，觉得前途一片灰暗。

一天，一个花白头发的老太太来到我的店门前。我一眼就认出，她是我小学时的班主任刘老师，于是赶紧低下头去，心里暗暗祈祷："千万不要到我店里来买糖果……"

那是30年前的事了。一天，我很早就来到学校，看到刘老师正蹲在地上，用手把碎玻璃往簸箕里捡。那时，她被划为了"黑五类"，一边接受"改造"，一边继续教书。

看到她冻得通红的双手，我不由一阵辛酸：我要是能有一副手套送给她该多好啊！突然间，我想到小伙伴军军送给我的"奶油太妃"。晚上睡觉时，我曾几次想剥开吃掉，却一直没舍得。刘老师这会儿一定又冷又饿，把这颗糖送给她，不是能给她增添一些力气吗？

我掏出"奶油太妃"，走到刘老师身后，说："刘老师，您吃糖。”刘老师缓缓地转过身子。她呆滞冷漠的双眸顿时放出光来，嘴唇哆嗦着说：“谢谢你，孩子。”

整整一天，我发现，刘老师总有意无意地向我投来凝思的目光；整整一天，我心里都感到无比的快乐。

到了晚上，才发现出了问题。军军问我：“小余子，我那块包在‘奶油太妃’里的肥皂你是吃了还是扔了？”天啊，闹了半天，原来那不过是一颗假糖！我竟在刘老师本就受伤的心上，又插上了一刀！夜里，我躲在屋子里哭了很久，心中有种说不出的难过。

从那以后，我开始害怕刘老师的目光……几十年过去了，我再没颜面去见刘老师，那颗假糖，成了我心中永远的痛。

“我买两斤水果糖。”刘老师还是走了过来。我忙把包装好了的水果糖递过去。趁她掏钱的时候，我迅速打量了她一眼——她真的老了，脸上已经出现了老年斑，但那慈祥的笑容，使她显得那么和善。庆幸的是，她没有认出我。

刘老师转过身，终于要走了。突然间，我想到必须把事情的原委告诉她，这是一个乞求她宽恕的难得机会。“刘老师！”我禁不住叫了出来。她回过头来，惊慌地看着我，看着看着，她兴奋起来了：“你是小余吗？你真是当年的小余子吗？”我含泪重重地点了点头。她紧紧地抓住我的手不松开。突然，她像想起什么似的，从提包里抓了一把糖果塞给我，说：“来，你吃糖，你吃糖！”

捧着那把糖，我却不知所措。我有什么脸面收下老师的糖果呢？见我迟疑的样子，她笑了：“怎么，不好意思吃老师的糖？你忘了，你还请老师吃过糖呢！我还记得那是一颗包装考究的‘奶油太妃’！”

我语塞了，不明白刘老师为什么要这样，是揭我的疮疤？还是为了发泄心中几十年的怨恨？我羞红了脸。刘老师却一点也不顾我情绪上的变化，接着说：“那是最困难的时候啊，我一辈子也忘不了。那不仅是一颗糖，它是一颗最善良、最纯洁的童心哪！那颗糖，让我感觉到人世间的爱还没有泯灭，所以也给了我继续活下去的勇气。只怪老师没那福气消受，就在你走后不久，糖就被专案组的一帮人搜走了。至今我还在后悔，当初，为什么没舍得早一点将那颗糖吃掉呢？”说着说着，刘老师感伤地叹息起来。我则仿佛拨云见日：原来，几十年纠缠在我心中的结，竟根本不是我想象的那样！

当天晚上，我买了礼物去刘老师家，但自始至终我都没有勇气揭开那颗糖的秘密。当我得知几十年的良心债，因当年那帮专案组的搜查而不复存在时，我感到一种从未有过的解脱与轻松。

这时，我心中更有了一股勇气：当年，一颗搞错的糖果，可以温暖老师的一生；而今，下岗这一点小挫折，比起那时刘老师的处境来，要好上百倍千倍，我还有什么理由不好好生活下去呢？

蓝瓷花瓶

○陈　毓

那段日子对她来说，是一杯清清的茶。

新婚中的她，爱情是醒里梦里的一片绿洲。

有朋友也要走进围城。朋友送来了大红的请柬。她和丈夫商量了好一阵决定送一份礼物去。仅仅为了省钱，他们便没去任何商店。最后她说，就送咱家这只蓝瓷花瓶吧。丈夫没听懂似的看她：她正看着那只蓝瓷花瓶，目光静寂得像夏夜的一片月光。丈夫知道蓝瓷花瓶是她最心爱的东西。

蓝瓷花瓶便送了朋友。

在送完花瓶的第二天，他们便离开小城去了南方。走时仅带了几本书和几件随身的衣服，看看屋子，倒也没多少东西可带——剩下的是带不走的和带着也没什么用的。

渐渐地，他们有了些钱，日子也不再如从前那般清贫。后来她和丈夫开了一家工艺品商店，专营一些美丽的仿古工艺品。也许丈夫天生就是块做生意的料，他们的生意很好。她也渐渐迷上了瓷器收藏，常常宝贝似的在灯下看了这件看那件。她便常常跟丈夫提起那只当年送了朋友的蓝瓷花瓶。忙碌在生意里的丈夫总要几经提醒才能和她回到同一话题上。她便有了些痴，总是一遍又一遍地说，再也遇不见那样奇妙的蓝色了，还有那样恬静的白色睡莲，就像是一群栖息在蓝色湖波上的天鹅。她和丈夫说这话的时候，依旧是目光静寂地望着不可知处，只是眼睛里多了两片火焰。

那一年家里来信说母亲病重，想着店里眼前的一大堆业务，又想贫苦惯了的母亲一向总是将苦难和着粗茶淡饭吞咽下去，料想这回也依旧能抵熬得住，便想等忙过了这阵儿再说。她万万没有想到自己一念之间会铸成终生的遗憾。不久，一封告知母亲病故的电报将她击得昏天黑地。

他们回到不再有母亲的小城。和丈夫一起去看朋友，一进朋友家门，她一眼就看见了那只蓝瓷花瓶。朋友将蓝瓷花瓶放在漂亮的红木家具上。朋友夫妇一再感激婚礼时她送给他们那么美丽的花瓶。他们的话题反反复复地环绕在花瓶周围。而她，更是执著得如同一只扑向火焰的飞蛾。

后来她有事没事就去朋友那里泡时间。朋友不知道她心里的故事。每次朋友都非常热情地待她，说欢迎她这么忙的人经常来看她。

看得出朋友和她一样爱着那只花瓶。花瓶从未染上过一粒微尘。而朋友坚持不肯给瓶子里装任何饰物，即便是鲜花。朋友说：配不起。

这就让她那句话永远只能萦回在心里成一声幽幽的叹息。

她现在已有能力去买一件更贵重的礼物给朋友了。她甚至想过要用更贵重的礼物去换回那只花瓶，但她不能啊。

她再次去看朋友，她和朋友坐在客厅的地板上谈笑。她借故去找一件东西，然后她似乎是不经意地，又重重地拂掉了那只花瓶。

她不知道是怎样走出朋友家的，也不记得朋友都说了些什么。她看见一轮冷寂的月亮悬在中天之上。她站在一片月亮地里。她看见自己的影子在月光下是那样地寂寞，她缓缓地从口袋里掏出一块碎瓷片，就着月光，她看见那片瓷像一块残缺的镜子，又像是一团水珠。

她只轻轻地唤了声母亲，眼泪就如断了线的珠子，一滴滴落在洒满月光的地上。

姐姐的描红课

○庞余亮

姐姐大我四岁，像我姐姐这么大岁数的人很少有不识字的，可是姐姐不识字。其实姐姐上过学，但是她不识字。据她说，不识字的原因怪她一年级时的先生，那先生对她太狠，还有那堂让她终身难忘的描红课。

姐姐胆子很大，她可以捉螃蟹逮蛇，可以天不亮时走过乱坟堆，可她最怕笔这种东西，铅笔、钢笔、圆珠笔，都怕得很。对于毛笔，姐姐更是害怕，她真是无法征服一点也不听话的毛笔，可是那天偏偏上的是描红课，先生的意思是一定要把毛笔上的墨水描在描红本上的红字里。本来做芦席打毛线衣非常灵活的姐姐就是弄不好小小的毛笔，手总是抖个不停，结果她把墨水弄到了红字的外面，先生对于这样的错误已经强调过好几次了，生气的先生顺手就给了我姐姐一顿“毛栗子”。姐姐没有哭，而是等先生走后用毛笔把作业本上的描红全都涂黑了，交了上去。此后就再也没有进过学校。她渴望了那么多年的上学梦就这样被先生粗暴的教育方式阻断了。

现在看起来，姐姐辍学的真正原因是当时她回家后干的活儿太重了，她上一年级的时候已经是十虚岁了，父母亲给她的任务是每天上学前要做好两张芦席，中午放学再做两张，晚上放学再做两张，此外还要洗衣、担水，做其他杂七杂八的家务。至于做芦席前的准备工作也是她自己，用铡刀给芦苇去头，用小抽钩给芦苇开膛，然后用石磙把芦苇碾熟，还要给碾熟的芦苇剥去苇衣。在这其中，碾芦苇可以说是最难，因为每家都要做这样的活计，天不亮的时候打谷场上抢石磙的事件常有发生。力气小的姐姐经常要和别人打架才能得到石磙。疲惫的姐姐就是这样开始她短暂的学生生涯的。一个十岁的女孩，能有几只手来对付这一天的任务？难怪她那么害怕小小的毛笔，也难怪她不想再上学了。

她和她的那一批不上学的伙伴就到生产队里挣工分了，当然每天还要做芦席的。做完了芦席就可以出去玩一玩，疯一疯。她们这些还处在花样年华的小姑娘喜欢堆在一起玩，在正月里看新嫁娘。二月里看公社里的宣传队。三月里筛着准备给秧池用的酥泥的同时戴起了初开的菜花。四月的艳阳下给棉花打钵。五月里像一个“巴虎子”割麦。六月里栽秧把手指都栽烂了。七月里躲到茄子丛里看巧云。八月里用凤仙花染指甲。九月里用绳子给稻子授粉。十月里踩着自己干在稻田里的脚印割稻。还要在冬月的泥水里栽菜。在腊月的忙年空闲里去请一下“灰堆姑娘”。不识字的姐姐是我们生产队里的有名的快手，走路快，割麦快，栽秧快，就连说话也快。有时候她说得快起来，外地人根本听不懂，南京来的女知青说姐姐说的是外国话。

姐姐对于她不识字似乎也没有什么遗憾，而对于我，则是例外。我是六岁开始上一年级的，几乎是年年都要得三好学生奖状。我姐姐是非常自豪的。她的一个伙伴的弟弟和我同学，有一次，人家当着她和我姐姐的面夸起了我“吃字”，那个特别“护”弟弟的伙伴就猜疑说学校的先生和我哥哥是朋友，是“照顾的”。为了这句没有理由的猜测，姐姐就毅然和那个玩得非常好的伙伴闹翻了好一段时间。她的意思是“人怎么可以睁着眼睛说瞎话”呢。

姐姐做的芦席后来就被父亲到窑场上换了砖头。这些用一张张芦席换来的一堆堆砖头后来就砌了两间瓦房。父亲说，这是为我将来讨老婆砌的。我后来因为上高中、上大学，离开了家乡，而姐姐就为这两间至今还闲置在老家的瓦房而没有能够识上字。我在扬州上大学的时候，接到了家里的一封信，说是姐姐定亲了，过了年就出嫁了，当然是包办的，信上还对我说明了这次向男方要了多少彩礼。我当时愣了半天，姐姐都要出嫁了，我怎么也想不出姐姐做新嫁娘的样子。

姐夫是本村的。在这件事情上可以看出我父母的私心。因为将来父母老了，女儿总是比儿子更能够细心照顾他们。这就像毕飞宇在小说《玉米》中说的，父母所说的手心是肉，手背也是肉，其实是错误的，手背上没有肉，真正有肉的是手心。这是多子女家庭为人父母者的做法，总是不会公平的，总是不会一碗水端平的。好在姐姐很知足，她从来没有就不让她上学的事怪过父母。只是偶尔说到那堂描红课，姐姐会自嘲地说，如果那堂课描好了，说不定我能做一个会计的。有一段时间，姐姐最大的理想就是做一个女会计。

姐姐越来越像一个普通的农村妇女了，有点像我母亲了，她和母亲不同的是，她喜欢看电视，她说起电视上的故事也说得头头是道。还能够打麻将，打起麻将来还能够赢钱，农闲的时候会一直打上一天。而我对于她不识字的事也不再有什么感觉了。生活和时间，就这样磨砺着我们生命中的一切，再顽固的事物和想法都会被它们磨成灰尘，然后顺流而下，包括姐姐念念不忘的那堂描红课。

那一天晚上，我正在外面和一群朋友一起吃饭，突然我的手机响了，是姐夫的电话。我以为有什么事情，姐夫说，你姐姐正在哭呢。我还以为是姐夫和姐姐吵架了，或者又是其他的什么原因。姐夫告诉我，是由于我的原因。我吓了一跳，然后再问，原来是由于我的那篇纪念母亲病逝的文章。姐夫看到了这篇文章，告诉了姐姐，不识字的姐姐非要姐夫读给她听，读到一半，姐姐哭开了，等姐夫把一篇文章读完了，姐姐顿时就大哭了起来。

我叫姐姐接电话，姐夫把手机给了姐姐，姐姐没有说话，还在抽泣，刚从丧母的疼痛中缓过来的我面对满桌子的杯盏顿时羞愧起来。那羞愧还伴随着越来越重的疼痛。我想起了不识字的姐姐在母亲的灵前痛哭的样子，她的哭声已经嘶哑，可她依旧痛哭。父亲早在九年前去世，家里还有一个可以说说话、可以照顾一下的母亲，而母亲一去世，姐姐经常回的娘家只好锁着门了。不识字的姐姐是在哭母亲，哭她自己，还有那堂无法完成的描红课。

爱如风筝

〇刘国芳

男人经常在广场呆坐着。这广场建得很美，又在湖边，很多人都喜欢到广场来，但他们不会像男人一样呆坐着，他们有的放风筝，有的在湖里划船。男人周围到处都是欢歌笑语。

又来了一对放风筝的人，一男一女，男的坐在轮椅里，女的在后面推着他。男的显然很会放风筝，尽管他坐在轮椅里，但不一会儿，轮椅上的男人就把风筝放得很高了。

很多人都注视着他们，显然，这是一对夫妻或恋人。女的不时地会做出一些亲昵的动作。当然，这动作并不过分。比如女的在男的头上摸一下，或拉一拉男人的手，再就是女的还用手帕在男的脸上揩一揩汗。没人觉得他们过分，只觉得他们很恩爱。包括呆坐在那儿的男人，也是这样认为的。

后来，不知为什么男人手里的线板脱手了。大概是风筝放得太高了，风力大。脱了手的风筝便随风飘摇，越飘越远。再后来，线板就缠在湖边的一棵树上。而风筝，就在遥远的天空里摇摇摆摆，慢慢往下坠着。

轮椅上的男人显然没料到这线板会脱手，男人看着风筝，很着急的样子。但女的没有这样，她钩着头，在男人耳边轻轻地说道："你坐在这里不要动，我到树上把线板拿下来。"女人话说得很轻，但呆坐在那儿的男人离得近，他还是把女人的话听到了。女人说过，就要去拿缠在树上的线板。但女人没去成，轮椅上的男人一把抓住了女人的手。没人听到轮椅上的男人说话，但都看见轮椅上的男人紧紧地抓着女人的手不放。显然，他不想让女人去爬树。

呆坐在那儿的男人也看见了这一幕，他眨一眨眼，流泪了。

男人是因为伤感，才流泪。很久以前，男人也有过这样一个相亲相爱的情人。男人瞒着妻子和情人好了很久，后来，男人决定离了婚和情人结婚。但离了婚后，情人也离他远去了，没和男人结婚。此后，男人的日子不好过了。妻子不理他了，见了形同路人。儿子也不理他了，男人买了东西去看儿子，儿子当着他的面便把东西扔了，还跟男人说，我不认识你。至于情人，早杳无踪影了。男人遭此一击，对生活彻底失去了信心。男人总感叹着对自己说，这世上没有爱。

但眼前的这一对，又让男人明白这世上还有爱。看见人家那样相亲相爱，男人的泪水才禁不住流出来。

一个老人看见男人流泪了，老人走过来问男人："你怎么在这里流泪？"

男人说："我的爱死了。"

老人没有听懂男人的话，老人看着男人。

男人继续说："我的妻子离开了我，儿子也不要我了，以前有一个情人，也弃我而去了。没有人爱我，我也不爱别人了。我的爱死了，就像脱了线板的风筝，在风里飘摇。"

老人似乎还没听懂，老人继续说："那你流泪做什么？"

男人说："你看见他们了吗？女的推着男的来放风筝，风筝的线板缠在树上，女的要爬树拿下来，但男的抓住女人的手，不让她去。看见他们这样相亲相爱，我很伤感，泪水也就禁不住流出来了。"

老人说："你情不自禁，证明你心里有爱，你的爱还活着。"

老人说话时，女人已经挣脱轮椅上的男人，要上树去拿线板。但女人上不去，女人不会爬树，她只能在树下转着。

男人忽然走近了女人，男人说："我上去吧。"

男人说着，就上树了。

很快，男人就在树上拿着了线板。

天上的风筝不再飘摇了，一如男人的爱，也不再飘摇了。

分享一条马哈鱼

〇梁晓声

马刚是我的“知青战友”，年长我两岁。我和马刚之间的友谊，是在“文学创作学习班”上一天天深厚起来的。

老崔叫崔长勇，当年是兵团总司令部宣传部主抓文艺创作的干事，是我们兵团文艺知青的“主帅”。马刚是十五团的宣传队长，善编各种文艺节目，还有表演天分，演过“胡传魁”。在“学习班”，每次开玩笑，我总叫他“胡司令”。我常穿一件绿色而洗得泛白的上衣，又常为向老崔交作品而通宵达旦地熬夜，面呈菜色是难免的，马刚就给我起了个绰号叫“绿脸孩儿”。老崔很欣赏那绰号，也常叫我“绿脸孩儿”。

当年，我不是“学习班”上写作水平高到哪里去的“创作员”，在马刚面前谦虚得很，总认为他写小说比我厉害。马刚总像兄长般勉励我别泄气。

老崔对我们要求很严。我至今也不明白，他当年为什么偏爱我和马刚。因为偏爱，要求反而更严。我和马刚每次向他交稿时，内心总惴惴不安。往往是，老崔一夜不睡，审阅我们的稿子，我们也一夜不睡，为小说的命运担忧。第二天吃早饭时，若老崔面有悦色，我们就猜到小说顺利“过关”了。

一次，马刚写了篇小说，题目是《货郎》，自我感觉极其良好。他在我面前大声朗读，神采飞扬。我听了，也觉得他那篇小说写得无可挑剔，接近完美，都有点儿暗暗忌妒了。可小说竟被老崔毫不留情地“枪毙”了。四行用毛笔蘸红墨水写的批语是：马刚马刚不认真，百里卖货只卖针。哪里来的骚小伙，招惹姑娘一大群？

这对马刚的打击很严重。他一整天闷闷不乐，吃不下饭。老崔得知后，只说了句“叫食堂给做碗细面条”，并不收回“判决”。

我安慰马刚。在我和马刚的友谊关系中，我也只安慰过他这么一次。相处的日子里，都是他安慰我。我当年家中操心的事儿多，幸有老崔、马刚那样兄长般的人给我以友谊和安慰。

我下乡六年半后就上大学去了。六年半中，我和马刚只在“学习班”上相处，分别后，就盼着下一次在“学习班”再聚。正因为有“下一次”，我们之间通信不多；也正因为通信不多，再见面总是很亲很亲。每次一见面，我们都紧紧拥抱，分别时也是那样，依依不舍，溢于言表。

有一年，“学习班”的学习结束后，老崔将我和马刚留下，在佳木斯兵团总部招待所润色和誊写“学习班”上其他“创作员”的几篇作品。我们完成任务，下午登上开往哈尔滨的列车时，正是除夕夜。在一节车厢内，只有我和马刚两个人，如同我们的专列。没有供暖设备，老旧的车厢封闭也不严，每一扇车窗都结满厚厚的霜。我们冷啊，脚都冻僵了。我为吸一支烟，划了三次火柴。最后一次是马刚用双手帮我罩着火柴，烟才算吸成。可见车厢内“风凉”到什么程度。我俩紧紧偎在一起，马刚脱下大衣盖在我们身上。那样我倒暖和了点儿，他却分明更冷。我不同意他那样，但为使我暖和点儿，他偏要那样。我只有依他。那时，马刚真像一位兄长，而我是弟弟……

他是顺路到哈尔滨看望他姐姐的。列车到哈尔滨已是后半夜。他在列车上跟我商议，可不可以先到我家，睡到天亮再去他姐家。我嘴上爽快地答应，心里却极不情愿。我那是一个什么样的家啊！我每次回家都要挤出一块炕面来睡，他去了睡哪儿呢？再说，我家还有一个患精神病的哥哥。

果然，半夜敲开家门，马刚有些后悔了。我想，直到那一天他才真正明白，我为什么一直那么忧郁。他意识到给我家添麻烦了，但后悔也晚了。我将两个弟弟赶到里屋，和马刚占了他们睡觉的地方，在厨房里一张小小的炕上，和衣而眠。第二天一早，我家的情况更加全面地暴露在马刚面前：屋子四壁空空，连面镜子也没有。有腿的家具都残缺不全，是哥哥犯病时砸坏的。母亲、弟弟和妹妹都满脸愁云，我只有当着马刚的面叹息不已。马刚落泪了，胡乱喝了碗粥就匆匆告辞。临走时，他操起我家菜刀，砍了半条咸马哈鱼留下。他也就为他姐带了那么一条算是年礼的咸马哈鱼。他走后，我又从他枕过的枕头下发现了 20 元钱。他身上当时最多只有二十几元钱。他在列车上曾说，回他的十五团没路费了，得伸手向姐姐要……

马刚永远是我的好兄长。

往　事

〇潘　格

有天和母亲一起去逛免税商店。直逛到午夜，商店打烊，两个人才开开心心地提着大包小包出来。出了门才发现犯了个天大的错误：忘记带伞。

寒冬的夜晚，雪花夹着小雨，空气里充斥着凉冰冰的北风的气息。霓虹灯暧昧地亮着，马路被雨水浸得亮晶晶的，车辆溅起激扬的水花儿，行人一路奔跑，我们站在巨大而炫目的广告牌前，望着这流动的城市画面不知所措。

照经验，这样的天气，出租车是不好打的。不出所料，我们站在那里，一遍一遍挥手，可是没有车停下来，并非司机拒载，是压根儿没有空车。十分钟过去了，母亲开始发抖，我找出先生朋友的电话打过去，我说我先生出差了，能不能用你的车接我们一下？他问清了地址，说，好的，没问题，马上就到！

我们放心了，对擦肩而过的每一辆出租车漠不关心，不管它们空还是不空。又是十分钟，有电话打进来，朋友很抱歉很抱歉地说，真对不起啊，车不知出了什么毛病，死活发动不起来，你们还是打个车回来，好吧？

放下电话，我狠狠地骂了一句粗话。母亲看了我一眼，没有说话，她走到路牌下伸出胳膊。一辆辆车带着水声从我们身边呼啸而过。车灯打过来的时候，我看见母亲颤抖得厉害的双腿，她的关节炎最怕这样的天气了，我不清楚它们还能坚持多久去支撑母亲的身体。我终于忍不住要冲到马路中间。

母亲一把拉住我，你要干什么？实在不行，我们可以走路回家啊！

走？你知道有多远吗？你的腿允许你走吗？我叫道。

当然允许了！母亲执拗地说，我现在就走给你看！说完，丢下我钻进了夜色。

风呼呼地刮着，雨小了，但雪下得正紧，马路上几乎没有行人了。我和母亲，我们两个人，沉默着，一步一步走在深夜回家的路上。

忽然，一辆车停在我们身边。车窗内探出一张脸，隔着玻璃问，喂，是不是没打着车？

是啊，你走吗？我说。

有人！他说，顺手从里面丢出一样东西，先用着吧，天太冷，老人怕受不了！

然后就一踩油门，开走了。

我弯腰拾起地上的东西，一把雨伞。寒冬的夜里，一把雨伞是多么重要啊！我跟母亲合打着伞，继续赶路。

过了没多久，迎面而来一辆车，雪幕中的车窗里，灯箱上写着：空车。

在空调开得暖意融融而音乐恰如其分的车厢里，我昏昏欲睡，母亲却和司机打开了话匣子。

母亲说，师傅，这么晚还不收工啊？

送完你们就回家。老人家，你冷吗？空调要不要开大一点？

母亲摇头，说这样很好。

老人家，这么晚你们出来做什么？

呵呵。母亲笑了，天冷了，女儿说要给我添件毛衣，我怕不合适，就跟来试一试。

买了吗？

买了！

什么颜色的？

枣红的。母亲说，我喜欢灰色的，可女儿说红的好，显年轻。

是哩，上了年纪的人穿红色好看，我妈也喜欢红色的毛衣，老念叨要买。

你母亲多大年纪了？

司机沉默了。

母亲也许以为他没听见，继续问，老太太的身体还好吧？

司机摇摇头，我母亲……他说，我母亲不在了。

母亲显然想不到是这样的结果，她一时不知该说什么好。我也不知道。车厢顿时安静下来，只有收音机在低低地吟唱。

我母亲……他轻声地说，走了快一年了。最近，我夜里老做同一个梦，梦里我回到小时候，我妈搂着我坐在枣树下，我一颗一颗地吃着枣儿，吃着吃着睡着了，妈妈用手拍着我的背……

他继续说，我妈一直喜欢一件红毛衣，我答应给她买，可我每次都忘记买，我跟自己说，没关系，下次一定买，反正有的是机会。可等我真正要买时，才发现已经没有机会了！

哽咽着，他擦了一把脸，你们说，我是不是个浑蛋？

音乐缓缓流淌，窗外湿冷冷的马路上行人全无，雨水落在玻璃上，然后慢慢滑落，整个车窗就像一张布满泪水的面孔。

终于，他踩下刹车，说，到了，下车吧。

我搀着母亲慢慢走下来。

付车费给他，他说不要。

为什么？嫌少？

他摇头，把伞给我就好了，也许还有人用得着它。

伞?!

我们大吃一惊！原来扔伞的司机就是你？他点头，我早就看到你们了，本想拉着你们，可乘车的那个客人不同意，我只好扔把伞，送完那个人又回来接你们。这么冷的天，你们一老一小还拎着东西，挺不容易的。

丫头，付双倍的车费给师傅。母亲命令我。

他拒绝。

不行！怎么能让你白跑呢？母亲坚持。

说不用就不用嘛！司机提高一个音调喊道，老人家，知道我为什么扔伞吗？知道我为什么折回来吗？就是因为你啊！

我？母亲迷惑不解。

因为你。司机说，我坐在车里，看着走在马路上的你，我就想起了我妈。她也是你这么瘦，这么驮着背。我想我妈一定很高兴，因为我帮了你，我……

司机说不下去了，从我手里夺过伞，跳上车就走了。甚至不容我们说句谢谢。

母亲站在那里，寒冷和难过让她抖成一团。

我走过去扶着她，我说，妈，回家吧。

母亲望着我，轻轻地说，我把毛衣落车上了。我说没关系的。

母亲继续说，你记得车号吗？我不记得了。

我说我也不记得了。

母亲握紧了我的手。我们一起在心里祈祷，但愿在这寒冷的冬夜，一件毛衣的温度能够暖和一颗失落的孝心。

一个老兵的签名

〇樊碧贞

新兵下连时，他被分配到卡苏里哨所。

其实，他最想去汽车连。开墨绿色的大汽车，在高原上奔驰，多带劲。不过，现在这个愿望是无法实现了，他要随给养车上哨所。

已是6月。透过车窗他却看到了远处山顶上的积雪。他突然兴奋地哼起了歌儿。司机直是摇头。

车不能往前开了，他必须徒步上山去。凝神一望，他不禁吃了一惊。来时的路全悬在峭壁上。一只被惊起的鹰掠过他的头顶，顺着岩壁冲向峰顶。

我也会上去的。他攥紧了拳头。

他浑身是劲。真得感谢新兵连那阵儿的队列、擒敌、战术和体能训练。那时候的训练很苦，一天下来，大家趴在床上不想动。有的兵上厕所蹲下去就起不来，非得旁人架着胳膊才能站起。他很用功，各项考核都是优。

有备而来，自然不怕。终于，他看到了哨所前迎风飘扬的红旗。他想再往前走几步，却挪不动脚。胸腔里的肺如同炸裂般难受，以至于他不得不弓着身子蹲下去。那一刻，他明白了司机为什么摇头。

有个人迎了上来，立正，军礼。没有过多的介绍，两双手紧紧地握在了一起。然后，他背上的背包被取了过去。

别紧张，这是高原反应，过一阵子就没事了。他知道，说这话的是老兵。

哨所只有他和老兵。听给养车的司机说，老兵已经在这里守了四年零六个月。按例，每两年这里就会送走一位老兵，也会迎来一位新兵。他很纳闷，老兵为什么不挪动地方。

哨所的生活很单调。每天天一亮，老兵就带着他去巡山。

老兵总走在前面，背挺得很直。他做不到。已经上来一段时间了，但每次巡山到这里，他还是感到呼吸困难，头痛。他很奇怪，黑瘦黑瘦的老兵，脚下怎么就那么有力。

这里，是卡苏里哨所的最高处。

每次走到这里，老兵都会歇上十来分钟。老兵招呼他上去。他总是摇头。那顶上除了有雪，什么都没有。不过，老兵上去了，站成了一棵笔直的树。

等老兵下来，他把自己的感觉说了，老兵只是憨憨地一笑：你上去就知道了。

那上面究竟有什么呢？非得要上去才知道。

老兵不愿说，他也不好强求。只想，等自己感觉好些，一定上去看看。

有一天，他忍着不适，爬上去了。顶上却什么也没有。他有些生气，责问老兵为何捉弄人。

老兵不生气。拉了他一把，站这看，往远处看。

看到什么了？

只有连绵不断的山。

还有什么？

茫茫的雾。

还有什么？

没有了。

怎么会呢？

应该看得见竹篱小院，屋旁有高高的草垛儿，还有两只母鸡躲在草垛下。旁边，青竹竿上有还在滴水的衣裳……

可是这些，他根本没有看见。该不会是老兵的幻觉吧。

他攥了攥老兵的胳膊。老兵回过头来，眼里竟然有了泪花。

莫不是老兵想家了？他的好奇心一下子上来了。

那个竹篱小院是你家？

老兵先是摇头，后又点了点头。

他更是一头雾水，想再问点儿什么，老兵却说，回去吧。

他跟在老兵身后，从夏天走进冬天。

下雪了，好大的一场雪。躺在哨所里，也能听到外面雪花飘落的声音。他睡不着，他知道老兵也没睡。

也不知道咱老家下雪没有？他自言自语。

想家了？老兵搭话。

有点儿。你呢？

想。

你在这儿都四年多了，已是超期服役了。为什么不下去呢？

老兵没有回答，却给他讲了一个故事。

在老兵还是新兵的时候，这哨所里也有一个老兵。那个老兵每天也带着他去巡山。每次也总走在他的前面。老兵的背挺得很直。老兵每次经过山顶的时候都会待上十多分钟。他跟着上去看过，什么都没有。

我看到的跟你一样。他接过话茬。

但那个老兵看到的不一样。

为什么呢？

当你心里装着一个地方，再远的地方都能看到。

那个老兵呢？

他永远守在了这里。本来，开春他就要下山去的。那个竹篱小院等着他。谁知道下了一场大雪，我们去接应山下送来的给养，他走在前面，意外地滑下去了……老兵的声音有些哽咽。

他接过照片，真的就看到了那个竹篱小院，高高的柴垛儿，还有两只母鸡躲在草垛下。旁边，青竹竿上有还在滴水的衣裳……

背后有一行字：守好这个家。落款：老兵！

背爱过河

○矫友田

那时候，她已是一家省级电视台娱乐节目的主持人了。她面容姣美，身材颀长，尤其是在微笑的时候，显得愈发妩媚动人。

有一次，她随节目摄制组一起赴广西拍摄一档生活趣味节目。当他们在景区抓拍一些年轻恋人的镜头时，发现了一条奇怪的河。

那条河有十几米宽，河水清澈，深不过膝，但水流湍急。河面上没有桥，只有二十余根碗口粗细的石桩一字排开。湍急的水流撞在石桩上，激起一朵朵水花，打着漩儿往四周扩散开来。

他们问当地的那位导游："河上怎么没有桥呢？"

那位导游便笑了，指着那些石桩解释道："那就是桥呀！这条河叫爱河，当地的年轻人为了证明对爱情的忠贞，在结婚之前，都要背着自己心爱的姑娘从那些石桩上走一趟。"

导游的话一下子就勾起了她的兴趣。她即兴发挥，提议在节目里穿插一个"背爱过河"的小节目。而且，她还要亲自扮演一遭“新娘”。

编导对她的提议非常感兴趣，但是由谁来当“新郎”呢？尽管摄制组此行大都是男士，但是要他们背着她从那些石桩上走过，大都信心不足。倘若不慎失足跌入河里，虽说河水很浅，但是变成一只落汤鸡，也足以令人颜面大失。

此刻，刚进摄制组不久的“他”走了出来。他身材瘦小，在摄制组里负责道具工作。同事们都用诧异的眼光看着他，尔后，用玩笑的语气说：“你这体格行吗？不怕跌进河里，来个‘鸳鸯浴’？”

他憨厚地笑了笑，说：“试一试呗！”

当然，为了避免尴尬镜头的出现，他决定先背一位男同事尝试一下。于是，一位身材较为瘦小的男同事跃上他的背。

他背着那位男同事小心翼翼地踏上石桩，然后吃力而笨拙地向前迈去。他费了很大气力才走过七八个石桩，几乎到了河中央。就在他准备再迈出一步的时候，他的身子竟一下子失去了重心，一个趔趄，“扑通——”他俩都跌入河水里，顿时变成了落汤鸡。

这时，编导对这个颇有难度的节目有放弃的意思了。可他却走到她身边，执拗地问：“你敢不敢试一次？”

她抿着嘴，思忖了一会儿，果断地说：“行，大不了像你俩刚才一样，变成落汤鸡——”

他俯身背起了她，又踏上了石桩。只是这次，他的动作比先前娴熟了许多。此刻，摄像机的镜头也不失时机地对准了他俩。

每迈出一步，他都小心翼翼的，并竭力地控制着身体的平衡。当他背着她走到河中央的时候，他的气力又有些不支了。连续两个趔趄，都险些跌入水中。但经过努力，他还是保持住了身体的平衡。

当他背着她安全抵达对岸时，同事们一个个都欢呼雀跃起来。他仿佛忘记了疲惫，兴奋地背着她原地转了好几个圈，以示庆贺。当他放下她的时候，竟发现她眸子里溢出了晶莹的泪水。

一年后，他俩在祝福声中，步入了婚姻的殿堂。然而，在他们婚后的第二年，一件意外的事情，将他俩幸福的憧憬全部击碎了。

她的乳房里面有了癌肿，应该立即做手术。之后，她的左乳被切除了。手术之后，医生告诉他们，只要她能熬过五年不复发，她就进入了稳定期，并能最终治愈。她用惊人的毅力接受了六个月的高强度化疗，然后又进行了顺势疗法和素食疗法。每天，他都陪在她的身边，无微不至地照顾着她，鼓励着她。

五年的时间是痛苦而漫长的，而他俩一起走了过来。就像那一次他背她过河一样，虽然有几次跌入河里的危险，但最终还是挺了过来。

当医生把癌细胞已彻底消除的诊断书递到她面前时，他和她竟抱头失声痛哭起来。一位医生感慨地说："工作这么多年，我从来没有见过像她这样坚强的病人。"

她却异常动情地说："这一切都是他给我的。"

在结婚七周年的纪念日来临之时，他俩再一次来到广西的那条牵起他俩情缘的爱河边。她提出要他再背她过一次河，他却沉默了。因为他担心如果不慎落水，会使她的身子着凉。可是她却执意要他背。

他终究拗不过她，只有小心翼翼地背起她。当安全抵达对岸时，她激动地哭了起来。她说："我爱的，就是一个永远有勇气背我过河的男人，哪怕一起跌入水中，我也不会有任何抱怨。"

爱情备忘录

○积雪草

他是一个沉默寡言、不善言谈的男人，加上他的职业是飞行机械师，职业的压力让他那张并不怎么英俊的脸看上去更加严肃，没有笑容的脸让人觉得是那样的不可亲近。每次飞行前的例行检修工作，他不敢有一丝的懈怠和马虎，毕竟每一次执行任务，都会有好几百人的生命交在他手上，他要为那些生命负责。

每次飞行前，他都会变得紧张不安，神经质的手指发抖。这些是她从未想到过的，她以为他有了外遇，抑或心中多了不为她知的秘密。她常常盯着他的脸，暗中揣测。

她和他结婚三年，感情没有了初时那么浓烈，聚少离多的日子，让她对他们之间的爱，产生了怀疑。

机械师每次离家的时候，都会在一张卡片上写下几个字，然后锁在一个抽屉里，她看着他伏在写字台上的背影，对他的举动充满了好奇和疑惑，可是他不给她看。

她像生了病一样，她每天打量着那个上了锁的抽屉，茶不香，饭无心，有时候夜里醒来，对着屋顶发呆，恨不能拿把刀把那张桌子劈开，当然心中也多了几分不满，她觉得他对她上了锁的不仅是一个抽屉，还有他的心。

有一次机械师因为执行临时任务，比原计划迟了两天没有回来。说不担心他的安危当然是假的，除了爱情，还有一份血浓于水的亲情。两天里她紧张得食不下，睡不着，在屋子里来来回回地走，像一朵迅速憔悴了的花，瞬间失去水分。她心中一肚子的怨气，他这样的人是把生命拎在手里过日子的，遇到坏天气，她就望着灰沉沉的天空发呆，不知道他是不是已安全返回地面。她过够了这种担惊受怕的日子，怕失去怕到发抖，心中发狠，等他回家就和他离婚。

无意间走到他常常写字的桌子前，她忽然想起那个抽屉，她长长地叹了一口气，找到工具，终于可以名正言顺地撬开那个抽屉。当她费了很大的劲打开后，却发现抽屉里面只有厚厚的一摞卡片，数了一下，有 100 多张。

是结婚三年里，他每一次执行飞行任务时留下的，有的卡片上记着存折的密码，有的记着保险单的号码，有的仅仅是某次吵架后一句道歉的话，事无巨细。她想起自己对他的怀疑和种种的猜忌，忽然觉得心那么疼，那些卡片上的字，瞬间刺伤了她的眼睛，有泪慢慢滚下来。

是琐碎的生活磨钝了我们的心，还是对情感的感知变得麻木而多疑？爱情的保鲜期也变得越来越短，甚至有时尚男女相识一周便结婚，结婚一周便离婚，进出围城就像前脚去买了只“热狗”，觉得不合口味，后脚又去换了“汉堡”，浪漫只是爱情的外衣，里面的内容千差万别。

有时候，想法太多，要求太多，让我们的心灵没有归依感，让我们的眼睛蒙上了灰尘，对原本最真实的东西，看出了最模糊的效果。其实爱很简单，那是庸常岁月中，一句话，一个眼神，甚至只是一碗粥。

那些卡片上的字，说白了其实是一份爱情遗嘱，这样说有些残酷，她还是愿意叫它爱情备忘录。它更像是一笔人生的财富，更像一张爱情的存折，谁能说他只会拉长了脸，不懂得浪漫？这样的浪漫花多少钱都买不到。谁能说她不富有？当全世界都不存在了，至少她还拥有他，拥有他的爱。

她慢慢松开手，纸片散了一地。

从此，她把那些卡片当成宝贝，那些卡片不过是普普通通的硬板，四四方方，巴掌大小，正面是日历，背面是一片空白，可以写字，边角都磨得起了毛。

她的病，因为那些纸片，不治痊愈。

美丽妈妈

〇范子平

对角下铺那窄窄的铺位上竟挤着两个女人。一个盘着高发髻的，有四十来岁，头朝窗户，一个梳着马尾辫的，有三十来岁，头朝过道，一个四五岁的小姑娘正站在马尾辫的旁边。女孩脖子上戴着耳机一类的天线，瓜子脸，弯弯的眉，大大的黑眼睛，一头黑中带黄的头发梳着两只朝天辫，背着一个毛线编制的小包，很俏皮很机灵的样子，不停露出一口细碎的白牙，咯咯地笑着，不时地捣乱，一会儿摸摸妈妈的头发，一会儿捏捏妈妈的鼻子，一会儿捣捣妈妈的脖子，一句话，存心不想让妈妈入睡。那高发髻的女人就吵她：“别捣乱，让你妈妈睡!”她的妈妈却不愠不怒，看一眼高发髻，就坐起来小声讲故事。小姑娘说：“妈妈，你大声点，我听不清。”妈妈说：“你看周围的叔叔阿姨都在休息，我们大声说话，影响人家呀。”小姑娘一边听，一边不停地抬头看妈妈。

车到石家庄，停五六分钟时间，有的顾客就下去买食物，马尾辫对女儿说：“婷婷，下去给妈妈买一块钱的素包子。”小姑娘说：“刚才，列车员阿姨推小车来，为什么不买?”马尾辫说：“车上的贵，咱们家没那么多钱。”小姑娘就说：“人挺挤的，我不想去。”马尾辫说：“妈妈现在太累了，婷婷可乖，可能干，肯定能买来。”高发髻女人仰起了头说：“她这么小，可不敢。”马尾辫朝她摆摆手，继续对小姑娘说：“快去快回。”我也有些担心：“喂，现在，得小心有坏人。”马尾辫又朝我摆摆手，坚定地对小姑娘说：“快去快回。”小姑娘蹦蹦跳跳走了。马尾辫立即悄悄跟上去。我，还有周围的旅客都恍然大悟，原来这个妈妈是在锻炼孩子呀，真是用心良苦。

乘客们吃了东西喝了水，纷纷到铺位上睡觉。那个小姑娘也躺到下铺香甜地睡着了，那个高发髻女人靠窗坐着说：“我看小姑娘挺聪明的，可是妹子，我看你非让她下车买东西，锻炼得太早了。可是你眼皮直打架，还得给她讲故事。这事你又太惯她了。”

那年轻妈妈说：“谢谢你，大姐，让我们挤到这里，耽搁你休息了。可是，说到惯她，不要说是午睡，就是半夜，只要我的丫头她想听故事，我是随时准备着的。我得为她负责。”

高发髻女人笑起来：“你说得也太严重了吧。负责不负责的，和这个扯不上边。”又说：“没什么，带小孩子出门，总归要多一分难处。大家该帮的。”

马尾辫扭脸看一眼小女孩，说：“可是，你不知道，我的婷婷有残疾。”

我们都吃惊，高发髻女人说：“哪里残疾？我咋看不出来？”

马尾辫女人低声说：“耳朵，耳朵失聪。”

高发髻继续惊讶：“我看她说话听话都很灵的呀。刚才不是……”

年轻的妈妈露出一缕微笑，是发自内心的那种骄傲的笑，轻轻说：“我们治得还算好。”

女人嘛，总是藏不住话的，特别是面对热情助人的高发髻，马尾辫就慢慢讲起来。

孩子刚生下来的时候，我们并没有感觉，其实应该有感觉。本来嘛，吃奶睡觉都正常，不爱哭，倒是爱笑，胳膊腿乱动的，很可爱，一直到了四五个月的时候才发现，怎么喊她，给她摇铃，只要她看不到你，就没有一点反应，还以为是别的毛病，没有往这上面想，但是看了医生，结论出来了，先天性失聪，残酷的结论，沉重，难受，我几天都不吃喝。后来婆母就说话了，她要我们把孩子扔掉，再生一个。这也可以理解，他们家两代单传，生了女孩本来就不满意，再别说是个残疾。公公在铁路上，多少有些权力的，婆婆当家又厉害。丈夫呢，一生都是在他爹娘的阴影里过日子，哪敢吭声啊。开始我不愿意，后来还是顶不住压力，就抱到了火车站台，趁旅客还没到来，把她放到了站台中间，我慢慢退着走，看她忽灵灵的大眼目不转睛地盯着我，我离开一步，她的头朝这边扭一点，眼珠向这边偏一分，一直定定盯着我，到最后看不到我了，忽然爆发了哭声，惊天动地的那种感觉。我一刹那间泪水就哗哗淌下来，我回过头，三步并作两步跑过去，把她紧紧抱在怀里。我哭着对她说：婷婷，不管前程咋难，妈妈一直陪伴你，这一辈子再不分离。孩子听懂话似的停住了哭声，泪水挂在腮帮上。我想，要是不残疾，也许可以送人，可耳聋口哑的，别人拾到会不会善待？难道孩子来到这个世界上，啥也不啥就该丢了性命？我想，我既生了这个孩子，就要对她负责。

是的，你说得不错，负责是要代价的。婆婆一看我抱回去，那张脸一下子就拉长了。忍让，拼命做家务，给婆婆下手洗痔疮，一切都没有用，最后只能是离婚。孩子他们当然不要，我还舍不得留给他们呢。现在，也难。可是那一段，最难，泪都哭干了。我争气要把婷婷照料成人，还要成为对社会有用的人。到处求医问药。看了好多医院，吃了好多偏方，我就不信看不好！后来知道北京一家医院能看，趁孩子还小，做手术，埋到后脑里一个微电脑助听器。很成功，就是过一段得调。只能还到北京调。这一次就是孩子说噪音大了，我才往北京来。关键是钱。为了孩子，房子卖了，工作丢了，亲戚朋友借遍了，给人加工窗帘累得手脖子肿了。在家的时间我见缝插针，给婷婷家教。恐怕教不好，抱着孩子上“幼儿父母培训班”。白天我得挣钱，现在又加工手套，一个手套赚一块，午饭后也不敢歇。孩子习惯了午休一场大睡。晚上就有劲头，没完没了。只要孩子有精力，一遍遍给孩子纠正发音，总是到十一二点。有的一个词得几百遍。两岁半才能喊清“妈妈”，现在能认七八百个字。会背九十多首唐诗，加法减法也熟练，比同龄的孩子，一点都不差。我还教育孩子正视自己，能走到社会上来。开始哭，不承认，现在，能平静对待。那次我的同学当她的面说到残疾，孩子马上接话："有残疾，治疗就得了，医药越来越进步哩。就是治不好，残疾人干成大事的多着呢。"

高发髻说："可是你毕竟还年轻，应该再找一个。再说你也太难了，找一个也好些。"

马尾辫站起来，沉默了好久才说："大姐，我相不中的人，不会谈，不能让别人笑话这个。可是，我相中了，人家就是也相中你，也受不了这样带孩子。可是，也有一位，还可以，年纪比我大十多岁，看得出来，他喜欢我也喜欢孩子。只要真心接纳我的婷婷，帮我把婷婷培养成人，我愿意。不过不急，苦日子也过惯了，得再看看，得对孩子负责。"

高发髻显然是被打动了，说："你一定会找好的，你对孩子这么负责，心这么好，会找好的……"突然又冒出一句："你不知道？你多美呀！"

西斜的日光透过玻璃窗映照过来，年轻妈妈的优美曲线格外动人，她脸庞上也映出一片胭脂红，好像一个美丽的女神。

会说话的藏刀

○丁立梅

导游洛桑，是个迷人的康巴汉子，浓眉大眼，身材魁梧，说一口流利的普通话。他是我们游香格里拉的地陪。一下车，他就给我们来了一个九十度的大鞠躬，浑身是笑：“欢迎大家来我们香格里拉做客！你看，天多蓝，云多白！我爱我的家乡！扎西德勒！”

我们很快喜欢上这个年轻率真的康巴汉子。一路上，他一直滔滔不绝着，说当地的风土人情，讲茶马古道的故事，学藏獒叫，唱藏族小曲。他喉咙一展开，我们立即吓了一大跳，那声音简直是金属的，金光灿烂，亮闪闪一片。我们说，若是他去城市里做歌星，保管走红，原生态嘛，现在都热衷这个。洛桑听了，很认真地回答：“不，我爱我的家乡，我就愿待在这儿，哪也不去。”

我们听不懂他唱的藏语，他就用汉语字正腔圆一句一句翻译，当翻译到一句“草原上的姑娘卓玛”时，我们中有人笑：

“洛桑呀，你有没有你的好姑娘?”

洛桑哈哈乐了，眼睛瞪大，一本正经答道：“有啊，我的好姑娘，是世上最漂亮的姑娘。”他告诉我们，他的好姑娘，也是个导游。他们带不同的旅游团，在同一片天空下转着，却难得相见。洛桑说这些时，嘴边一直飞着笑，表情柔和且安静，让人感动。我们于是都在想象他的卓玛，梳很多小辫子垂挂着，穿镶花边系绣花腰带的藏袍，有漆黑得如深潭的眸子。问洛桑：“是这样吗?”洛桑频频点头：“是的是的。”

停车吃饭，一眨眼不见了洛桑。出门，却发现他蹲在人家水池边，就着一块磨刀石，正专注地磨着他佩的藏刀。问他：“带藏刀干吗呢?”他解释：“这是藏人服饰中的一块，藏人着装，是要佩了藏刀，才算着好装了。这是流传下来的习俗，藏人最初是用它来防身和切肉吃的。”我们要他示范一下他的刀快不快，洛桑就找了一根铁钉，削了下去。铁钉当即被削断。

即便是这样的锋利，洛桑一有空闲，还是取下他的藏刀磨。这让我们大大不解。洛桑轻轻插刀进鞘，说：“我这刀是有灵气的，我把我手上的温度，磨进刀里去，它就会说话。”我们知道他是开玩笑，都跟着一乐。

车过一峡谷，洛桑看着窗外，突然变得很兴奋，洛桑问我们：“可以停一下车吗？就五分钟。”我们都扭头往窗外看去，就看到与我们相向的一辆旅游车，停在路边，一些游客散在路旁，正对着峡谷拍照。大家好像明白了什么，都一齐说：“我们也下去拍照吧。”洛桑一弯腰，冲我们感激地说：“谢谢大家了，扎西德勒!”

洛桑是第一个跳下车的，他刚跳下车，我们就见到一个藏族姑娘，从那边车旁奔过来，黑黑的脸庞，胖乎乎的身材，穿着红底子碎花的藏袍，没系绣花腰带。这应该是洛桑的卓玛了，很一般的样子。我们一行人，都有些失望。

接下来看到的，却让我们感动无言。洛桑和姑娘面对面站着，相互傻笑。后来，她取下她的藏刀，他取下他的藏刀，他们互相交换了藏刀，伸手按按对方的刀鞘，仿佛在看，那刀是不是在对方的刀鞘里安妥了。她理理他的衣领，他拍拍她的肩，然后回头，招呼各自的游客上车。

车上，洛桑说：“那是我的姑娘。”我们点头：“知道。”洛桑就笑了，问：“我的姑娘漂亮吧?”我们说：“是，漂亮极了。”洛桑听了，非常高兴。他告诉我们，两人长期在外带团，见面少，他们就想了这个法子，每次遇到，就交换一下藏刀，因为对方的温度，会留在刀上。

想来，她在一有空时，也一定取出藏刀，不停地磨啊磨。她把她的情和暖，也磨进刀里面。

父亲的泪

○邓洪卫

那天下午，父亲将场上的花生翻了一遍，回到屋里，戴上眼镜，翻看昨天的晚报。

几个村干部就在这时候像泥鳅一样滑了进来。

为首的那个人干咳一声，邓老师，您又看报呀？

父亲的目光从报纸上移开，看清楚说话的是村支书吴美德。父亲说，是吴支书呀——话悬在空中，却不知说什么好，只好也咳嗽一声，啊，看报。

父亲取下眼镜，扫视屋里站成一圈的大小村干部，问，有事？

吴支书说，主要是来看看您，顺便说一说一品的事。

一品就是我哥，我父亲的大儿子。

吴支书说，一品欠提留款200块钱，已经近一年了，我们做了大量工作，做不通呀。

吸了一口烟，接着说，村里已经研究了，要请派出所来执法。我是您学生，一品就是我的弟弟，我不能看着他吃亏呀，所以，我想请您劝劝他。父亲叹了口气，说，小吴呀，你也知道我们家的事，一品把我当作仇人呀！

大哥确实把父亲当作“仇人”。父亲跟大哥的“仇”，是在大哥第二次高考落榜的那个夏天结下的。

我清楚地记得，那天晚上，我们家屋里弥漫着浓浓的猪爪子香味。父亲、大哥和我，每人的碗里都有一截肥肥的猪爪子。

就在我和我哥啃得满嘴冒油的时候，父亲却将属于他的猪爪子夹到大哥的碗里，然后，他用商量的口气对大哥说，你看，明年是不是就别考了，让二品考吧。二品成绩不错，能行。等二品念成了，我再缓出空儿来，让你学个手艺。

大哥像被骨头卡住一样，顿在那里。好一会儿，我听到“啪”的一声响。那是大哥把碗砸了，那截猪爪子也滚落在地。大哥起身，回屋，甩上房门。父亲站在大哥的门前，张了半天嘴，终于转过身，将那截沾上泥的猪爪子捡起放在桌上。打那时起，父亲再也没吃过猪爪子。

第二天，大哥就离家去了南方。大哥到南方并没混出多少名堂来，最大的收获就是混回来我嫂子。大哥盖瓦房的那年，父亲曾送去两千块钱，被大哥冷脸推了回来。大哥说，我们是仇人，我就是要饭也不会要到你的门上去！

果然，十几年，大哥再也没跟父亲说一句话。这十几年，我们家也起了很大变化。我没有辜负父亲的期望，上了大学，还混成个作家。隔三差五在地方晚报上挤一个豆腐块。于是，每天，在晚报上苦苦寻找我的豆腐块成了退休后的父亲的一大乐事。这几年，父亲的日子好过了，手头也小有积蓄。父亲经常对我说，如果在十年前有这个样子，你哥就不会这样待我了。

可是，毕竟，十年前没这个样子呀。

当父亲从伤痛的记忆中回到现实时，吴支书已经站起来，他说，好，就这样吧。

几个村干部像泥鳅一样滑出窄小的屋门，滑到空阔的院场上。他们都没有立即离开，而是同时仰脸看天。他们的脸上像抹上一层脂膏，泛着油亮的光泽。不知谁踩着了花生，发出了一种清脆的声音。这时，他们听到屋里传出来父亲急急的声音：吴支书，你等一下。他们同时扭过脸。他们看到父亲从里屋出来，将一个纸包放在了吴支书的手上。吴支书接过来，握住父亲的手说，邓老师，您是个好人呀，一品会理解您的。这话是阳光，父亲的心像场上的花生一样，暖和起来。

只是父亲心里的暖意并没有持续多久。第二天，父亲到小街去卖黄豆，回来的时候遇到了我嫂子。嫂子跟我大哥一样，几乎不跟父亲说话。但那天，很意外，嫂子说话了。嫂子说，你上了那帮狗日的当了。见父亲皱着眉头茫然不解，嫂子说，一品曾给村里白要了两年笔杆子，应该得800块钱，可村里到现在一分钱没给。他们赖，我们凭什么不能赖。

嫂子还说，你教了几十年书，都教哪儿去了？

父亲愣住了，父亲倒没有去计较嫂子那不合身份的语气。父亲真的没想到事情会是这样。

旋即，父亲果断地回转身，拎着空口袋向小街上的村部走去。直到下午，父亲才回来，据说是吴支书留他喝了酒。父亲不顾多年的胃病，喝了几杯。父亲对我嫂子说，他们答应了，欠一品的工资一分不会少。嫂子从鼻子里“哼”了一声，很不屑地说，那帮狗日的，没一个说话算话的！除非太阳从西边出来！

但太阳真从西边出来了。当天晚上，村会计就将800块钱送到了大哥的手里。大哥和大嫂都有点发晕，他们都没有注意到村会计始终挂在脸上的那诡秘的笑意。

一连好几天，大哥和大嫂都处在一种晕晕糊糊的状态。

可是，村里又有了一种传言，说那800块钱工资，其实是父亲垫上去的。为此，父亲还请在场的村干部们喝了一场酒，让他们保守秘密。村干部们也都当众拍了胸脯。

有人向父亲提起这事，父亲瞪眼说，我怎么能做这样的傻事！可是心里却骂，这帮狗日的，果然说话不算话。

几天后的一个中午，快到十二点钟了，父亲到小街上赶集回来，路过大哥家。从大哥家飘来浓浓的肉香味，那是熟悉的烀猪爪子的香味。父亲忍不住深深吸了一口气，眼里泪花闪烁……

格布上的花

○毕淑敏

好日子和坏日子，是有一定比例的。就是说，你的一生，不可能都是好日子——天天蜜里调油；也不可能都是坏日子——每时每刻黄连拌苦胆。必是好坏日子交叉着来，如同一块花格子布。如果算下来，你的好日子多，就如同布面上的红黄色多，亮堂鲜艳。如果你的坏日子多，那就是黑灰色多，阴云密布。

什么是好坏日子的分水岭、试金石呢？钱吗？好像不是。有钱的人不一定承认他过的是好日子。钱少的人或没钱的人，也不一定感觉他过的就是坏日子。健康吗？好像，也不是。无痛无灾的人不一定觉得他过的是好日子，罹病残疾的人也不一定承认他过的就是坏日子。美丽和能力吗？似乎，更不像了。看看周围，有多少漂亮能干的男人女人，愁眉苦脸，抱怨着岁月的难熬啊……说了若干的标准，都不是。那么，什么是好日子和坏日子的界限呢？

不知他人的答案如何，我猜，是爱吧？

有爱的日子，也许我们很穷，但每一分钱都能带给我们双倍快乐。也许我们的身体坏了，每况愈下，但我们牵着相爱的人的手，慢慢老去，旅途就不再孤独。也许我们是平凡和渺小的，但我们竭尽力量做着喜欢的事，心中便充溢温暖安宁。

这是什么呢？这就是好日子了。你的那块花格子布上，就绽开了鲜花。

拔掉那颗蛀牙

○秦素衣

她恨全家人。

她在家中的地位很尴尬。姐姐比她漂亮。因为想要儿子，父母坚持还要生，结果生下她，还是女儿。后来，又生了弟弟，弟弟当然是最得宠爱的。父母的理念就是，闺女是要嫁出去的，对这个家无关紧要，能养着就不错了！

姐姐不吭声。她却嚷："凭什么？要不就别生我！"结果挨了打。

那时，她就发誓，她要报复所有人，她要让他们知道她的厉害。三个孩子中，她的学习是最好的，因为，没有别的地方突出，她就拼命地学习。小小的心，长满了恨，恨是一个芽，日日夜夜地茁壮成长。

她沉默寡言，经常一个人抱着书，关在自己屋里。即使看书，母亲也要嚷，不要费电了。于是，她去邻居的窗下，借着光，可以看到半夜。她是个坚强的女孩，坚强到不会掉眼泪。全镇只有一个考上县里高中的，那就是她。父母不想让她去读，读高中要住校，仅吃饭一个月就好几十块钱。她说："我不吃学校的饭，我自己带饭，带几个馒头，可以吃一个星期。"

终于去读了，竟然觉得无比自由。一周回家一次，带够一周吃的馒头。冬天还好，馒头不馊。夏天，有时馒头馊了，她舍不得扔，还要吃掉。吃到拉肚子，一趟趟跑厕所，可她从来不哭。

整整三年，她始终是全年级里的第一名。

高考成绩下来，她是市状元，去北大读书，整个县城都轰动了。所有人都说，看人家吃了三年干馒头，照样上北大。

去了北大以后，她仍然内向，打好几份工，为的是不要家里一分钱。而且，她冰冷的内心拒绝温暖，怕别人算计自己。

整整四年，她把自己交给了书本，又以学校最好的托福成绩考到美国公费留学。整个县城又轰动了——这是那个小城中第一个到外国留学的啊！可是，她没有回家去，没有给父母撑那个虚荣的面子。现在，她是自己的了，与他们毫无关系。

到美国之后，她还是一个人，无人交流，内心一片空白。没有亲情的感觉，不相信男人。她的世界，只有她自己。她去看心理医生，医生说，你太自闭，而且内心里充满了恨。有恨的人，必定不快乐。你应该学会去爱，只有爱，才能拔掉那颗蚀了你心灵的蛀牙。

她呆了：是吗？有这么严重吗？一向是别人对不起她啊，所以，她一直拒绝和家人联系。半夜，她第一次拨通了家里的电话。母亲居然没有听出她的声音来。叫了一声"妈"之后，母亲哭了，哀号着，哭着骂着，叫着父亲的名字：“二妞来电话了，二妞来电话……”父亲抢过电话，叫着：“妞妞，妞妞……”再也说不出话来。再接着，姐姐和弟弟都跑了过来，声音哽咽着，好像她恩赐了他们什么。放下电话，她发了一夜的呆。第二天，又发呆。她决定回国。

是一刹那间决定的——回国！多少年没有回家了？她带着大包小包——每个家人都有礼物。下了飞机，直接乘出租车回老家，一进门才发现：家，破旧了。两棵老枣树还在，正在开花，有淡淡的芬芳。爱发脾气的母亲老了，正在树下择韭菜，满头白发；喜欢打人的父亲在脏兮兮的椅子上躺着。抬头看到她的时候，父母的眼神都是慌乱的，伸开两只手，不知要干什么说什么，好像她是客人——她太洋气了，与多年前那个瘦瘦黑黑的小丫头判若两人！甚至，母亲扑过来后，站在她面前，没敢抱她。

不知道沉默了多长时间，她终于叫了一声：“妈!”母亲哭着，抹着眼泪。她以为自己足够坚强，以为不会再流眼泪了，但当父亲过来抱住她说：“孩子，回来啦!”她的眼泪，到底出来了。

她把带回来的钱给大家分了，父母一份，姐姐一份，弟弟一份。父母养老，姐姐能买城里的房子了，弟弟要开个超市，这下，也有资金了。做完这些后，她居然感觉自己那么幸福。

拔掉了那颗恨的蛀牙，原来可以如此快乐。

爱

○阎　岩

他生下来就是一个瞎子。开始父母还抱着能治好的希望把他留了下来，可是当他们听医生说治那双眼睛起码要花五万块，而且还没有把握能治好时，父母彻底失望了，因为他们仅仅是种地的农民，五万块可不是说着玩儿的。后来，他们又生了个健康的儿子，于是在他六岁那年冬天，把他丢在了一个陌生的地方，后来他才知道那是一个城市的火车站。

那时他才六岁呀，又是冬天，虽然母亲已经把最厚的棉衣穿在了他的身上，可他还是感觉到冷。他开始哭，哇哇哇地大哭，这一哭惊动了许多人，他听到身边有好多人在说话，他听不懂他们在说什么，就一个劲儿地喊：我要妈妈我要妈妈！可妈妈并没有来，爸爸也没有来，他已知道爸爸妈妈嫌他是个瞎子不要他了。

后来，有一双粗糙的大手拉起了他那双冰凉的小手，一直拉着他走进一个温暖的地方。那个人说这是我的家，以后也是你的家了。

那个人让他喊他叔叔，他就喊了，然后就换来了许多好吃的东西。之后，叔叔就一点一点地让他熟悉这个家，告诉他床在哪里，火炉在哪里，柜子在哪里，吃的东西在哪里。叔叔把这些地方要迈的步数一遍又一遍地讲给他，直到他记熟。

以后的日子，叔叔就去上班，他便在家里待着。叔叔怕他寂寞，还给他买来了许多的玩具，有能跑的汽车，能打的冲锋枪。虽然他看不见，可他却愿意听那汽车跑的声音和打枪的声音，他觉得那是世界上最美妙的声音。

他慢慢地长大，在叔叔的关心和照顾下除了眼睛依然看不见外，各个部位都很健康。他曾经问过叔叔他长什么样。叔叔说他长得很好看，就像电视里的小帅哥儿。他没看见过电视，当然不知道电视是什么样子的，更不知道里面的小帅哥儿到底有多帅，他不禁失口说："我要是能看见你该多好呀!"叔叔听了后用那双粗糙的大手抚摸着他的脸怜爱地说："你不是听医生说五万块就能治你的眼睛吗？我现在正在努力地挣，不管治好治不好，我一定要试试。"当时他躺在叔叔的怀里哭了，泪水从他那黑暗的眼里流出来，热辣辣的。叔叔就用那双粗糙的大手给他擦泪，尽管感觉有点痛，可他却很幸福。

终于有一天，叔叔兴奋地告诉他，他攒够了五万块钱。叔叔激动地拉着他的手到医院，然后他被推进了手术室。

七天后，当医生准备要拆他眼睛上的绷带时，叔叔突然止住了医生，叔叔说："娃，如果你看到的世界和你想象中的世界不是一个样子，或者你还是什么也看不见，你会失望吗?”他说他不会。叔叔说那他就放心了。

他紧紧地攥着叔叔那双粗糙的大手，其实他的心里极度地紧张。医生小心地一层又一层地拆着，他的心就一下比一下跳得猛。当医生终于把最后一层纱布拆掉时，他仍然害怕地闭着眼睛，但他似乎感觉到了那种除了黑暗之外的东西。他慢慢地睁开眼睛，他真的看到了，他首先看到了许多人，可那些人的脸上都挂着泪。他一侧头，不禁惊呆了，他的面前竟坐着一个眼睛深深凹下去的瞎子，他顺着他的胳膊一直往下望，他正紧紧地攥着这个瞎子那双粗糙的大手。

亲密油条

○田双伶

领着她走进这家快餐店，在临街的落地窗前找好了位置，他熟练地点着早餐：油条、蟹肉包子、炸春卷，又要了一份皮蛋瘦肉粥和木桶甜豆花。

她看了一眼墙上的价目表，哎呀，一根儿油条就三块钱?

他瞥了她一眼，心不在焉地哦了一声。他很反感这声柴禾味儿极浓的惊乍。

一个个古朴雅致的餐具摆在面前，她拿着筷子拘谨地不知该怎么摆弄这杯杯盏盏中盛的食物，先夹起油条，口里嘟哝着，这大城市什么都金贵，我在家才卖三毛钱一根儿。

他在身边看着，脸上泛起轻蔑的笑。以为是你在村头卖的油条啊？这叫“亲密油条”。多文雅的叫法啊。什么话从小雅口里说出来就透着几分雅致。小雅。一想起这个名字，褶裙一闪，心头一亮，顷刻间又仿佛软玉在怀，心里暖融融的。那个总是抿着小嘴，灵巧地摆弄起刀叉吃三成熟带血的牛排，优雅地擎着高脚杯品鸡尾酒，偶尔还会冲服务生来句英文的小雅，那天附在他耳边哧哧地笑着告诉他，你看两根油条缠着抱着多像一对情人啊。

吃过饭，他开车带她回家。女人坐在车上不停地东张西望。这就是立交桥啊？一圈圈地缠来绕去还不把人转迷了？

他默默地打着方向盘，没有应腔。心里在思忖着，该怎样向她谈起那件事。毕竟结婚几年了，她在家里也吃了不少苦，不过还没有生孩子，再给她一笔钱……这几天先领她好好逛逛吧，公司的事情有小雅打理，他很放心。

那天领着她在商场里买衣服，手机响了，公司的一位职员急切切地告诉他：有人举报公司偷税漏税，税务局已来到公司开始查账，账目被冻结了。

他的心一下子空了。

忙给小雅打电话，手机里传来一个标准的女音：对不起，您拨打的电话已关机……

恐惧和愤怒如腾升的火焰在心头交织，他抽身就往外走，她紧跟过来，小心地拽着他的衣服，咋了，咋了？他急躁地甩开她，狠狠地瞪了她一眼。

公司已乱作一团，十几个员工见他回来立即围上来，说老板咋办呀？他心乱如麻。小雅呢？小雅呢？小雅把账交给稽查人员就溜了。身为副经理的表弟说，这臭婊子告的密，她是跟咱们竞争的吴老板的小情妇，专来“卧底”的。真阴啊。

小雅。往日的缠绵和恩爱霎时烟消云散。他牙齿咬得嘎嘣嘎嘣响，恨不得把她那细脖颈给拧了，把她扔油锅里当油条给炸了。可是招聘的时候她那清纯的形象却掩盖了一切。狗日的小雅。他心里骂道。

几天后，偷漏税金金额查明，补交税款和罚款的通知单很快下达，账户上的款和资产一并抵了过去，他的心仿佛被剜空了。走上天桥，望着桥下来来往往的人流车流，他想一头栽下去。可她不知哪儿来的劲儿，硬是把他拽回了家。

在这个城市打拼几年，现在却一下子瘫了，公司被迫停业。他除了躺在家里狠命地抽烟，什么都不想做了。然而房子每月两千多元的租金也成了一笔不小的开支。他们在市郊找了一间平房住进去。

在城里开门就得花钱，我们先顾住嘴再说。凭着一双手，到哪儿都饿不着。她说。

她到外面忙活了两天，买了一口锅和几桶油，在胡同口支起了摊儿。还是在老家的手艺，炸油条。每天天不亮就起床出摊儿，抽空给他送来几根他爱吃的油条。他接过来，酥软的油条咬一口在嘴里，浓香焦嫩，瞬间齿颊留香。

有了一份微薄的收入，生活上没有遇到太大的困难，仿佛入了一处避风的港湾。他仍和以往的一些客户联系，生意也渐渐有了起色。

几个月后他的收入渐丰，又想在市区租个房子，因为这里距离公司太远，要倒几回车才能到，很不方便。他找了个近点儿的房子，想让她去看看。

早上，他来到油条摊儿前。此时她正在忙碌着，有几个人在旁边等着买油条。面板上铺着揉好的面，她用蘸满了油的刀将面坯一块块儿切开，捏起面片儿两手一抻，上下一甩，再将两根细细的面坯左右相绞，拉成一条弧线，徐徐放入油锅。面坯在油锅里煎熬着，渐渐由白变成金黄，相互缠绕在一起……

亲密油条。他呆呆地看着这天天都吃的油条，忽然想起了它的另一个名字。望着她已显苍老的面容，他的眼睛湿润了。

被　子

〇张国平

女人边发短信边摸出钥匙，漫不经心地拧开门锁，愕然地愣在客厅。

一股久违的香味扑面而来。啤酒鸭，女人最爱吃的一道菜。女人脸上泛起一抹微红，把准备发出的短信删了。

坐吧。男人抬臂对女人说。男人的出现让女人吃惊，男人已很多天不在家吃晚饭了，更别说为女人做菜。

忙，男人是一家著名运动品牌在小城的代理商，应酬应接不暇。这当然只是男人的借口，女人知道男人身边又多了一位女人。

想大闹一场，女人抹了一夜的泪，最终还是压制了冲动。这种事对一个成功男人来说太普遍了，女人不想闹得沸沸扬扬，闹到最后结果是什么？离婚？这不是女人想看到的。他们的女儿已上大学，很优秀，聪明又活泼。女儿是掌上明珠，女人知道男人爱女儿，仅凭这一点男人也不会舍弃家庭。

女人决定跟男人谈谈，可谈的结果是与男人分床而寝了。后来女人心里也有了另一个男人，对男人的事就再不过问。

对男人的深夜回归和分床而寝，女人已习以为常。

女人把手机掖进坤包，微红着脸问男人，你，回来了？

女人将坤包扔回自己的卧室。女人不愿男人看到她手机里的短信，女人和另一个男人的短信很煽情。男人却没有要看的意思，又伸了下手臂说，坐吧。

女人说，谢谢。女人心里好笑，突然想到了“举案齐眉”这个词。

男人爱做饭，从前总爱给女人炖啤酒鸭，可这次女人却怎么也吃不出味道。男人突兀的举动让女人不安，女人担心男人有阴谋，突然冒出一个念头：如果男人突然拿出一张离婚协议书怎么办？

男人却没有，女人窥视男人的脸，没看出任何表情。女人心里有些堵，堵得啤酒鸭更没滋味了。女人倒希望男人把闷在肚里的话说出来，女人已找好了应对的理由。女人的理由就是女儿，女人希望男人为了女儿保留一个完整的壳，哪怕实质已残缺不全。

男人细嚼慢咽，直到女人收拾碗筷进了厨房，男人一句话也没说。

等女人从厨房出来，男人已回自己的房间了。女人忙打开电脑，看男人有没有留言。男人和女人各有一台电脑，女人的电脑是台式的，男人的是手提式。很多天来，男人和女人都是通过电脑交流的，女人常想，如果没电脑会怎样？

男人的头像闪动着。男人说，商量件事吧。女人的心提起来，看来男人要摊牌了。女人说，请讲。

男人说，明天一块儿去省城接女儿吧。南方大雪，女儿好不容易回家过年，我想我们应该一块儿去接她。

没想到男人说这些，女人正想给男人商量这事，便说，那当然，她是我们共同的女儿啊。

男人又说，我想明天搬到你床上睡，如果你不介意的话。

女人答，怎么会介意呢？我是你老婆，床当然有一半是你的。女人问，为什么突然想搬回来了？

男人说，我不想让孩子看到我们现在的样子，女儿还小，不应该知道得太多。

蓦然的幸福感让女人突然有些眩晕。女人兴奋地说，干吗明天呢，现在就可以。

男人说，还是明天吧。然后就下线了，头像上男人的脸灰暗了。女人几次想到隔壁喊男人，或者干脆睡到男人床上，却始终没勇气跨越一堵墙的距离。

有了昨夜的铺垫，去省城的路上，女人想男人总应该给自己说点什么，但男人手把方向盘，目视前方，一句话也没有。刚下过雪，路面湿滑，女人也不好说什么，就这么把肚里的话一路堵着。

见了女儿，男人谈笑风生，男人夸女儿，又漂亮了，跟你妈妈年轻时一样漂亮。

与其说是夸女儿，倒不如说是夸自己，女人脸上又泛起红晕。

乖巧的女儿和爸爸妈妈一一拥抱，一家人其乐融融。

洗澡时特意多洒了些香水，女人想夜里总该发生点什么，可等女儿入睡了，男人便斜躺在床头上，抱一本书，有一眼没一眼地翻阅。

女人碰了碰男人，暧昧地说，睡吧。男人掖了掖被窝说，你先睡吧。男人面无表情，眼里是团死灰。女人燥热的身子一下变得冰凉。

女人努力回想，但的确记不清他们没有切肤之爱已多久了。女人把头扭向一侧，泪水湿了枕巾。

第二天女儿望妈妈的脸，问，眼圈怎么红红的？用不用看医生？

这几天眼总是痒。女人拍拍女儿的头说，傻丫头，妈妈是做什么的，还用看医生？

一家人都笑了。

在爸妈朗朗的笑声里，女儿度过了一个愉快的寒假，送女儿去省城，女人没前往。女人要值班，夜班。女人很要强，是医院的眼科大夫。女儿拥抱了妈妈，说，没事，有爸爸呢。

女人下了班早早地回家，顺路买了永和豆浆。永和豆浆，加糖，男人最爱吃的早餐。

男人已出门，床上只剩下女人一床被子，形单影只。女人在床前愣了很久，想抱回男人的被子，却终未挪动脚步。

窗外有棵梧桐树，树上有一鸟巢。鸟儿在树枝间上下跳跃，去留难定，似犹豫，似迷茫。

答应过眼睛

○周海亮

从那两个人穿过斑马线时，我就注意上他们了。他们穿着同样款式和颜色的运动服，也穿着同样款式和颜色的运动鞋。小男孩长得虎头虎脑，一双大眼睛忽闪忽闪，咧嘴笑时，露出参差不齐的牙齿。年轻的父亲走在前面，嘴里不停地说着什么，又回头，好像开了一句玩笑，小男孩就咯咯咯地笑个不停。说他们是父子，并不仅仅因为他们完全相同的穿着和非常相似的长相，还因为，男人看男孩时，眼睛里流露出来的，是父亲特有的慈爱和关切的目光。

奇怪的是，男人总是和男孩保持着一定的距离，二三步吧，不远也不近。绿灯的时间很短，他们急匆匆地从马路的一边穿越到另一边。男人似乎在催促男孩再快一些，小男孩就小跑起来，却是笨拙踉跄的脚步。男孩小跑起来，男人也加快了脚步，仍然走在男孩前面，仍然二三步远的距离，仍然扭回头，口中念念有词。小男孩再一次开心地笑了，脸上洒满阳光。

马路对面，是一个小型的游乐场。

男人和男孩走进游乐场，小男孩满脸兴奋。与别的父子不同，他们并没有牵起手。正是星期天，游乐场里熙熙攘攘，人声鼎沸，男人说话的声音就渐渐高起来。他说，白雪公主来到森林里……

森林里有狼吗？小男孩的声音跟着高起来。

没有狼。男人回头说，森林里只住了七个善良的小矮人……

在游乐场里，在喧哗和拥挤的人群里，这个男人竟然为自己的儿子讲起了童话。并且，他们之间，仍然是二三步的距离。有时小男孩或者男人会被游客们撞到，每撞一次，男人就会停下他的童话和脚步，说，第七次拥抱。过一会儿，男孩又被游人撞到，就在后面开心地喊，现在第八次了。又一起笑。这样一对行动怪异的父子，真是令人心生好奇。

男人将小男孩抱上蹦床，那是他们唯一的身体接触。男人说，好好玩，小心些。男人就走开了，到不远处的椅子上坐下，点一根烟。他的目光穿过淡淡的烟雾，静静地看着男孩。这时的小男孩，已经兴高采烈地玩了起来。

小男孩试图蹦得高一些，再高一些，可是他没有成功。其实蹦床上的他更显笨拙，晃来晃去，东倒西歪，有时，甚至显出紧张和沮丧的表情。这时男人会冲他喊，我在这边呢！男孩就转身冲着男人的方向，再一次咧开嘴笑，笑容仍然单纯并且灿烂，似乎父亲的每一句话都令他兴奋无比。

我问男人，你为什么不过去呢？那样你们说话不是更方便一些吗？

男人肯定看出了我的好奇。他看看自己的儿子，扭过头对我说，我不过去，是想让他学会自己照顾自己；我和他不停地说话，是想给他信心，让他知道我并没有走开，让他感觉到我就在不远处注视着他。他需要知道我的位置——他是一个盲童。

男人并不回避，可是我惊愕不已。盲童？这怎么可能？他有那样长长的睫毛和明亮的眼睛，他有那样顽皮的表情和灿烂的笑容，他怎么可能是盲童？

努力掩饰住自己的表情，我说，那么，你更应该牵着他的手啊。

不，男人摇摇头说，我得让他学会坚强，学会独立。我不想牵他的手，我只想用声音为他引导方向。我想要他明白，他其实和每一个孩子都一样，别人能够做到的事情他也能够做到，并且会做得更好。

就因为这些吗？

是的。男人说，尽管他总有一天会长大，会感受到目盲的不便和痛苦，可是现在，我不想让别人看出他是盲童，更不想让他幼小的自尊心受到丝毫的伤害。男人深情地看一眼正在蹦床上玩得高兴的男孩，继续说，今天早晨，他突然对我说，他好想过一天不是盲童的生活，因为在梦里，他答应过自己的眼睛。我鼓励他说你当然能够做到。现在，我想，在蹦床上，他肯定不会认为自己是一个看不见的孩子。

爱的横竖横竖横

○米　米

他对父亲的全部印象，就是小时候家里的长板凳，和日记本里满满的“正”字。

放学的时候晚回家，就趴到长板凳上，被父亲长满老茧的大手一下下打在屁股上，疼得他龇牙咧嘴；和别家的孩子打架打得浑身是伤，就趴到长板凳上，继续接受父亲的暴力对待，委屈得紧了，他就掉眼泪，却咬着牙一声不吭；考试不及格，偷改了成绩单里的分数，被父亲发现以后，趴在长板凳上，一顿好打……

小小年纪，却也知道记仇，每次挨打以后，他都会偷偷地在日记本里画上一笔，今天是一横，明天是一竖，横竖横竖横，“正”。每次画那一笔的时候，那力道总是大得好像要把纸划破，随后，那一笔就被泪水匀染开来。在他心里，他所写的每一笔，都是人们所谓的父爱的流失，这满满几页的纸，是他对父亲满满的失望和满满的恐惧。

成家以后，他就很少回家去看父亲，印象里那个依靠一亩二分地过活的父亲，总是显得气势庞然，大手一挥，就是屁股上的一个大红印。日记本里的“正”字，把他和父亲隔了宽宽的一道沟壑。

有了儿子，自己也就成了父亲。有一天，儿子放学时间已经过去很久了，一向准时回家的儿子却迟迟不见踪影。他想，也许是留下来打扫卫生了吧，可是也没听儿子说起要值日啊。是不是儿子不听话，被老师留下来罚站还是怎么的了，再等等吧。这一等二等的天就黑了，儿子还是没有回来，他越等越慌，思绪也不受控制地乱飘了，会不会是回来的时候遇到坏人了，回家的路上要经过的那条弄堂好像是挺偏僻的，还有还有，回家的路上是要经过那个十字路口的，放学的时候那里车特别多，别出事了吧……他抽着烟的手突然颤了一下，赶紧站起来找学校发的通讯录，打电话给别家小孩的家长，电话拨了一个又一个，可是得到的答复都是自家小孩已经回来，至于你家小孩，我们也不知道。电话打到后来，他觉得自己已经没有耐心再等下去了。于是匆匆出门，循着儿子放学的路一直找过去，然后，看到自己的儿子在弄堂边上坐着，身上都是打架过后的伤痕。他一下子就站住了，拎过儿子仔细检查，发现没什么大问题，原来只为言语不和就和别人打架，这提着担着的七上八下的心总算放了下来，皱着的眉头也松了开来。

晚上，他在日记上写到，今天，我第一次打了儿子，是一瞬间的念头，打下去的是我，可是心疼的还是我。担心他出事的心情重过了所有一起的念头，避开了他的伤痛处，却还是忍不住要给他留个记性。

他突然想起了小时候，于是翻出那本记着满满的“正”字的日记本。回忆起了那次因为晚归被父亲压在长板凳上打屁股的情景，终于也回忆起了进门时，父亲紧锁着眉头，背着手在屋里不停地踱步，看到他时是先拉过来上上下下检查了一遍的。然后在挨打的时候，虽然他委屈得直掉眼泪，可是父亲似乎是将他的伤口刻意避了过去。所以那次，似乎并不是很疼。

片刻后，他拿起了橡皮，将第一个“正”字的一横擦去，心里突然暖了一下。

他并不经常打孩子，只是偶尔在扮演严父的情形下，或者儿子犯了大错的时候。比如，儿子用了他小时候的伎俩，偷偷改了成绩单上的成绩。再比如，儿子去春游的时候嫌他给的零花钱不够，偷偷拿了家里的钱出去……他以一个父亲的身份，不怪儿子成绩不好，却不能接受偷改成绩单的行为，因为他明白那是品格的问题。他不怪儿子花钱多，却不能包容他的偷窃行为，即使是家里的钱，亦是将来偷盗的根苗……

当日记本里的第一个“正”字被擦完的时候，他决定回去看看他的父亲。

还是原来的房子，只是有经过年月的斑驳，泛黄，还有些许地脱落。他看着迎出门的父亲，突然感觉有些陌生，有些佝偻着背，有些花白了头，还有满脸的皱纹。原来那个高大的父亲竟然也成了一个瘦小的老头子，他的眼眶泛了红。快步上前，将手里带的保养品递上去。父亲笑着说，你很久没来了，现在人来就好，浪费这些做什么。他搬出长板凳趴了上去，儿时还宽还长的板凳，现在有些摇晃地承受着他的重量。他说，爸，你再打我一次吧。

父亲伸出了全是老茧和褶皱的手，颤颤巍巍地，缓缓地，然后揉了揉他的头发，笑了。

给芳菲一面镜子

〇辛唐米娜

当芳菲与第 N 个男友分手时，她终于爆发了。

“你总这样，小心坏了名节!”不管是大学教授还是乡野村妇，那个时代的女人们总将名节看得比生命都重。

芳菲听到这话真是委屈得不行，怨恨地看着母亲，眼眶里蓄满了泪水：“不是我三心二意，而是他们都有毛病。”

说了三个小时，黄碧琼总算明白了七分：A 男学历高家世优秀却有等级意识不能对所有人一视同仁；B 男长相俊美却有一身坏毛病，比如说在咖啡厅里大着嗓门儿打手机，让芳菲被众目盯得脸上一阵红一阵绿，仿佛鸡尾酒；C 男有着难忍的口头禅，芳菲与他约会时曾数出半个小时内他说了四十七遍“我告诉你”；D 男总算一切合格，却喜欢在公共场合与芳菲亲昵；E 男过分小气，不给芳菲买礼物倒事小，芳菲用自己的钱换部手机，他都会肉痛得恨不得罚自己吃一个月素；F 男总是搭配不好领带与衬衫；G 男痰太多，且唱歌跑调还喜欢在歌厅里显摆；H 男过于自信自大天天抱怨生不逢时否则他定是比尔·盖茨……

芳菲可怜巴巴地看着妈妈："妈，你说，好男人都去哪儿了？"

"什么样的才是好男人？"黄碧琼哭笑不得。

"像爸爸那样，勇敢，聪明，坚强，风趣，正直，优雅，事业心强，细心……"

黄碧琼愣了一会儿。当父亲的永远会在女儿面前流露最优秀的一面，只有妻子才能看全他作为男人的真面目。丈夫已去世两年，黄碧琼不想数落亡人的不是，苦笑几声，踱步走回卧室去。

此后，母亲有一个月没有关心她的恋爱，可芳菲总感觉有人在跟踪她。

芳菲生日，本想约一些朋友去酒吧 HAPPY，但这样做等于向朋友们宣布自己的孤独可怜——都三十岁的女人了，还没有个爱人为她庆祝生日。想一想，还是默默地回家。

饭厅里摆着生日蛋糕，黄碧琼站在门口对着芳菲很快乐地笑，手里拿着鼓鼓囊囊的牛皮纸包。"你为我准备了礼物？"芳菲感动。

"当然！你的生日，我的受难日，怎么会忘记！"

芳菲打开牛皮纸，是一支录音笔和一个厚厚的信封。

她笑母亲倒也不落后，至少知道送录音笔。"信封里不会是钞票吧？"

黄碧琼只笑不语。

芳菲打开来看，惊异得张大了嘴——天！里面都是她的照片：她当众不加掩饰地打哈欠，嘴里的牙齿一目了然；她走路时表情怪异仿佛被腊肠吸引而狂奔的犬；她坐在咖啡厅里腰弯得过分，黑色套装的腰间露出了白色的底裤；她泊车时对着后视镜剔牙齿；她……这里面没有一张美丽的照片，全是她的丑态，让她看得如坐针毡。

“听听这个！”黄碧琼打开录音笔，里面传出芳菲如夜鸟受惊般的笑声，嗓门儿极大，令人毛骨悚然。下一段是芳菲夜里呼噜震天。再下一段是芳菲……芳菲脸通红地关上录音笔，她不敢再听下去，不知道母亲还录了什么，或许连如厕的声音打嗝儿的声音都在里面。

“你！是你跟踪偷拍我？”她有些恼羞成怒。

“我哪儿有那个本领。我请了私家侦探帮忙。”黄碧琼得意地笑。

“你！”芳菲站起来，想拂袖而去。

黄碧琼拉住她：“芳菲，我只想告诉你，人无完人。你总像一面镜子一样去照男人的缺点，却忘记自己也不过是个普通女人，不能超凡脱俗不能没有缺点。”一语中的，芳菲抱着照片与录音笔表情沮丧地坐了下来。

第二天芳菲依然感觉有人跟踪，她索性对着车的后视镜做鬼脸，直到在后视镜中看到柱子后躲闪的人影。

她飞快地转身冲到柱子后，那男人手持望远镜，有些惊慌又忍俊不禁。

“是不是我妈妈没有付够你酬劳？”她一想到这个男人看过她

几乎所有丑态，便恨不能用高跟鞋踩他或是用手提包砸死他。

三个月后芳菲终于结婚。

婚礼上芳菲的朋友好奇地拉着芳菲问："虽然是侦探，却没有007的气质，长得不算出众，钱也不是很多，为何千挑百选到他这儿停了脚?"

芳菲笑得嫣然，对笑容可掬的黄碧琼眨了眨眼："他欣赏我的所有，包括我最不堪的时候。"

阿　翠

○刘会然

我们全家外出旅游一回来，邻居就给了我一个沉甸甸的蛇皮袋，说是一个中年农村妇女留下的，托我一定把它交给你们。

是她，一定是她回来过！

她是老乡阿翠。阿翠闯入我们的生活还是6年前。那时，阿翠在我们这座城市一个建筑工地帮人看管杂物。由于老板拖欠了工人几个月的工资，她便和几个工友来我工作的报社反映情况。报社安排我负责接待他们。阿翠见到我就问，你是刘村的阿然吧，在家里的时候就听人说你在报社工作。阿翠说她是杨家村的。

阿翠的问题第二天以记者调查的形式见了报，很快阿翠就拿到了拖欠的工资。几天后，阿翠和几个同事买了一些苹果，找到我家里来说是表示感谢。远在距家乡千里之外的城市工作，我数年没有听到过乡音了。阿翠用家乡话跟我聊起了家乡的情况，她的到来使我倍感亲切。离开的时候，我礼节性地说了句：有时间过来玩。

于是，只要有时间，阿翠就来我家玩，有时纯属为了叙叙旧，因为在这座城市里，她和我一样很难找到能说家乡话的老乡。有时阿翠来帮我家干一些体力活儿，那阵子老婆怀孕，家里正缺个帮手，阿翠为我们减轻了不少负担。

我从阿翠的言谈中得知了她的情况：阿翠嫁到邻村并生了两个孩子，丈夫帮一公司开货车，前些年日子过得还不错，后来丈夫由于车祸离她而去。为了供养孩子读书，阿翠不得不出来打工，两个孩子留给年迈的婆婆照顾。

我对阿翠充满同情。妻子也同情阿翠，但妻子从小生活在城市，体会不到阿翠的艰辛。我想请阿翠做我们孩子的保姆，但妻子嫌乡下人文化低，带不好孩子。

阿翠后来在一家餐馆找了份洗碗的工作，可老板总是拖欠工资。由于需要日常开支，阿翠经常向我们借几块或几十块钱，最多的时候也不超过一百块钱。我也很乐意借给她，因为等发了工资阿翠就会立即把钱还给我们。

那次阿翠匆匆忙忙地跑到我家，说家里大孩子病了，住院动手术需要钱，她羞涩地要我借给她 800 元，说等发工资就还给我们。我深表同情，当时 800 元钱是我一个月的工资，但我还是毫不犹豫地把钱借给了她。

钱借给她后，她就再也没有来过我家。妻子忍不住怪罪我：我早就怀疑她是骗子，她会这么热心给我们家里做事？鬼才相信有这样的好人。

我对妻子说，以前人家借了不都还了吗？

妻子愤愤地说：她就是利用我们这种心理啊，这种骗钱的伎俩现实生活中太多了，亏你还是在报社工作的，哼！

从此我们真的没有见到过阿翠，有几次路过阿翠曾经工作过的地方，也没有见到过她。后来听店里一伙计说，不知道什么原因，有一天阿翠跟谁都没打招呼就匆匆离开了……

打开蛇皮袋一看，在一些松果、薯条等农产品中夹杂着一信封，信封里装着8张崭新的百元钞票，信封的背面写着数行歪歪扭扭的字。原来6年前她的不辞而别是因为医院说孩子得了白血病。虽然她匆匆忙忙地赶回了家，但因为无钱救治，孩子已随丈夫而去。她说那时真的想再次向我借钱，但怕还不起就没有再开口。现在她和那个小的孩子相依为命，为了还这800元钱，她和孩子整整省吃俭用了6年，现在钱还了，她悬着的心也放下来了……

我和妻子都朝老家的方向远望，但钢筋水泥垒就的大厦一层层把我们的视线阻断，我们看到的只是狭小的一线天。

不知何时，我发现妻子眼里早已噙满泪水。

一件皮袄的折磨

○聂兰锋

大年初二，是闺女回娘家的日子，大叔却从农村来了，大叔来看我父母，一进门就找，二丫头没来吗？

脚跟脚的，我就来了。

掰一掰指头，二十多年没见了。

小时候在农村，生了一场病，肚子疼得不能上课了，就由老师背着回了家。躺在院子里的蓑衣上，抱着肚子打滚儿，滚到了地上，又从地上滚到蓑衣上。

小药房的医生说不轻呢，去县医院吧。

顶用的只有母亲和姐姐，姐姐十五岁。她们轮流背着我，在她们背上我还是疼得扭来扭去，她们又急又怕，还没出庄就都歪在菜园的小路边，大口地喘气，迷蒙中，听见母亲说“来了身上”，姐姐也说“来了身上”，我不知道什么意思，只知道谁也走不动了。

正在浇园的大叔发现了我们，撂下挑子，背起地上的我就去了十里外的县医院。

医生说晚半个钟头，这孩子就没命了。医生给了一瓶蓖麻油，让我喝下去，说要灌肠。

原来我的肚子里长满了蛔虫，多得没办法了，就结成了疙瘩拧成了绳，生生想把我的“小肚鸡肠”给拱破。

姐姐还说有蛔虫从我的嘴里呕吐出来，吓死人，有一根卡在了喉咙里，是大叔给拽出来的。我记不清了，在大叔的背上就已经人事不知。当我清醒的时候就又趴在大叔宽厚的背上，身体舒坦地走在回家的路上了。那时正是下半夜一两点钟，没有旁人在那时候走路。不是大叔，那夜我们无论如何也不敢回来了。路经一片坟地，大叔怕我看见“鬼火”，就脱了他的汗衫子蒙住我的头，光着脊梁继续背着我走。

母亲说：“可让这丫头咋孝敬你好哟!”

大叔说：“等二丫头长大了，给俺买件皮袄就行了。”

一转眼就是二十几年，这期间，我也曾假装是城里人多次回过老家，可一次也没有去大叔家里坐。原因是没有一件皮袄带在手边。有次在街上巧遇大叔，刚说两句话，手机响了，再说，手机又响了，大叔就挥挥手，忙去吧忙去吧。

终于，七十岁的大叔拔出腿到城里来了，一进门就找二丫头。我心虚，觉得大叔是在找皮袄。直到住了一宿要走，大叔也没提皮袄的事。

大叔要走了，问，火车站多远啊?我坐火车，回去说说脸上好看。

母亲说二丫头家有车，送你回去吧。

大叔脸上一下子绽放了光彩，皱纹也舒展了许多，我得坐干部座！大叔像个孩子似的高兴着，坐在了副驾驶座上，稳稳的，腆着肚子向后仰躺着。看来大叔真把皮袄的事给忘了。大叔越是忘了，我却越是想起，像做了亏心事一样。

我坐在后座上，我是不轻易坐副驾驶座的，不安全。就在发动车的时候，仰躺着的大叔惬意地说：“二丫头啊，我今天坐在这干部座上，可比穿皮袄舒坦多喽!”

我像一个偷玉米的孩子被无情地揪出了玉米地。

我再也不能忍受皮袄的折磨，天还很暖和的时候，我就把皮袄买好了，很舒展地挂在衣橱里。

说话的功夫，一年就过去了。又一个大年初二，大叔如约而至，滔滔不绝的话语中时时透着他坐干部座的风光。可以想象这一年他在村人面前是多么的荣耀。当我兴奋地拿出皮袄，帮大叔穿上，大叔一下子话就少了，哎呀你看这这这……极不适应这从天而降的皮袄，皮袄遮住了大叔退了色的外套和他说话的欲望，老半天都沉默着。别人说什么他不插嘴好像也听不进耳朵里，然后突然做出决定，走。谁也留不住。对于我，终于可以如释重负地送大叔回家了，可是无论怎么说大叔就是不坐二丫头的车，给他打开了干部座的车门，大叔也不坐，在大家疑惑的目光中硬是自己去了火车站，那样匆忙，逃跑一样。

我知道，这件皮袄折磨完了我又开始折磨大叔了。

脸　面

〇魏永贵

王小六回老家的时候开了一辆半旧的小货车。

本来王小六是可以开一辆更好的车回家的。王小六在外面挣了钱，开辆好车回家可以好好露露脸。问题是，回村的路坑坑洼洼，磕磕碰碰，好车消受不起，而且最重要的是，小货车可以装东西。

眼下，车厢里就装着一件重要的东西。

王小六已经三年没有回家了。三年前放学不久的王小六在路上“顺”了一辆破自行车，骑了不到五十米赶巧拉肚子，扔了自行车就钻进了路边的厕所。等他提着裤子出来的时候，丢自行车的李老二已经领着戴警帽的在外面等他了。后来王小六就在拘留所里蹲了七天。

本来王小六是可以不蹲号子的，可他必须交几百块钱的罚款。娘含着眼泪捏着才借的钱去看王小六，王小六坚决不干。王小六说娘你一点也不会算账，我蹲了号子就不用交钱就省钱了，就等于硬生生赚了几百块钱，就等于在号子里打工了。娘说你个挨刀子的到这个时候了是钱重要还是脸面重要啊。王小六说在没有钱的时候脸面就不那么重要了。

蹲了几天号子出来的时候王小六还是考虑到了脸面。他就直接去了外面。几年工夫终于混了个人模狗样，三年后的腊月底就开着车回了家。

王小六加大油门把车开到坡上家门口的时候，正在喂猪食的娘叫了一声，接着眼泪鼻涕也下来了。娘说天哪你个挨刀子的你怎么又偷了人家的汽车回来呢。

王小六咧着大嘴就笑了。王小六说娘这车不是偷的是我自己买的。王小六边说边掏出了一摞五颜六色的小本本。王小六说娘你看这些是我的证件证明车不是偷的是我自己买的又自己开回来的。

娘就是不信。王小六在家待了两天娘就抹了两天眼泪。

第三天王小六开着小货车去了镇上。

转了小半天终于把小货车堵在了李老二的自行车前头。

李老二还是骑着那辆破自行车。李老二说小六子你出息了啊不做自行车生意改做汽车生意了。李老二说罢又补充了一句：只是别又赶上拉肚子了。王小六笑着说你说话怎么有股厕所的味道，骂人不揭短打人不打脸，都是哪辈子的事了。

李老二就呵呵地笑。

王小六踢了李老二的自行车一脚，然后给李老二点了一根烟。王小六说老二哥咱们商量个事，你的这辆旧车我收了，或者是算我买了，我也不会亏待你。瞧，我已经给你准备了一辆新车，还是市面上有牌子的。

王小六一边说一边就从小货车的后厢里搬出一辆还裹着包装纸的自行车。

这回轮着李老二笑了。李老二说小六子看来你是真出息了。人家都说为富不仁你却正好相反，你这是回家扶贫来了。宁愿做赔本的买卖呀，好人，你可真是个好人。

王小六说这不都是乡里乡亲的嘛。说着又递给李老二一根烟。

这一次李老二没有接烟。

李老二说小六子你也太聪明了。我知道你惦记我这辆破自行车是因为它让你产生了痛苦的回忆，这辆自行车一天不消失你就一天不安宁，是不是。你现在有钱了开始讲究脸面了，你想收回这辆破自行车挽回你的脸面。可你光顾你王小六的脸面却忘了我李老二。你也不想想，我用一辆破车换回一辆新嘎嘎的车，镇上的人岂不是骂我是占便宜的人，到时候我的脸面又往哪里搁。

王小六好半天说不出话来。

王小六最后说老二哥你把事情想复杂了我们再商量商量。

王小六说话的时候几乎有些哀求了，把着李老二的自行车不松手。

李老二拍了一把没有垫子的自行车屁股，车弹簧哗啦直响。李老二说你打老远拉回来一辆新车却要跟我换旧车，你自己复杂还说我复杂。

李老二有些不耐烦了，推着车准备走。李老二口气很硬地说王小六你把手拿开，张老四还等着我去打麻将呢。

王小六就松了手。就看着李老二甩腿骑上了那辆破自行车东倒西歪地走了。

自行车咔嚓咔嚓的声音像刀子一样一下一下扎在王小六的心里。

作家的父亲

○申　平

作家的父亲不识字，他是一位老实厚道的农民。

但是他的儿子不但识字，而且还能“码字”，他能写小说，也能写散文、诗歌。

作家从中学时代就开始发表作品了。当作家第一次把那叫做“文章”的东西拿给父亲看时，父亲不由得张大了嘴巴。他瞪大了一双牛眼，把儿子从头到脚看了一遍，再从脚到头看了一遍，从此便对儿子分外客气起来。

原先，他动辄对儿子施以打骂，逼迫他去上山割草，下地干活儿，但自从儿子拿出了“文章”——准确地说，是发表在报屁股上的一篇小散文以后，他就再也不曾骂过儿子一句，戳过他一指头了。由于本该是作家干的活儿全部都分摊到了其他兄妹的头上，兄妹们便向父亲提出强烈抗议，但每次都遭到父亲的呵斥：他是文曲星下凡，你们呢？

也许正是由于父亲给的这种优惠“政策”，使得作家的写作劲头更足了。于是他的文章便不断发表，当然也就越写越长。终于，作家大学毕业后先进了报社，后去了文联，成了小有影响的名副其实的作家了。

作家成名以后，理所当然住到了大城市里，而父母则随着兄妹住进了小城市里。作家有时间就回去看看，带回去几本他写的书。父亲很想知道儿子书里都写了些什么，就想叫儿子给他念一念。但是儿子却不肯——也许是由于谦虚，也许是出于羞涩，或许是由于他应酬太多，反正他一次也没有给父亲念过。父亲没有办法，只好请求孙子或外孙女给他念，老人听得津津有味，如痴如醉。

后来，作家写的书就不那么容易出版了。特别是他的作品集，想出版只能自费。作家回家几次，都没有带书，父亲的神情便有点怪异。后来，作家就咬着牙开始自费出书。

这一次，作家又带书回去了。他带的不是一两本，而是几百本，他回去是为推销自己的书。然而家乡真是太穷了，作家虽在家乡久负盛名，但他的书卖得并不好。他的书只卖掉了一部分，剩下的就堆在父母的房间里。作家颓然而返。

后来有一天，作家再次回乡，他忽然在街头看见了白发苍苍的父亲。父亲正蹲在车站旁和许多老头儿老太太一起卖瓜子。与别人不同的是，老人的面前还摆了一摞书，只听见父亲在不停地吆喝：来看一看啊，这有我儿子写的书啊！

作家的心颤了一下，他怎么也没有想到父亲会以这种方式来替他卖书。

也的确有人过去看书，他们翻着书，看着书中作家的照片，赞叹着：哎呀，这是你儿子？真了不起。这时父亲的脸就笑成了一朵花，他说：我儿子是文曲星下凡哩！

但是却没有人买书，他们看看书的价格，说：太贵了。就买一碗瓜子走开。父亲有点失望，但他好像并不在乎，他继续吆喝着，继续听着人家的好话，脸上挂满幸福的笑容。

作家在一旁悄悄站了许久，也没见父亲卖出一本书，他的心中充满悲凉。此刻，他真想摇身变成一个大款，走上前说：老人家，你儿子的书，我全要了。

如果那样，父亲该是何等的幸福呀！

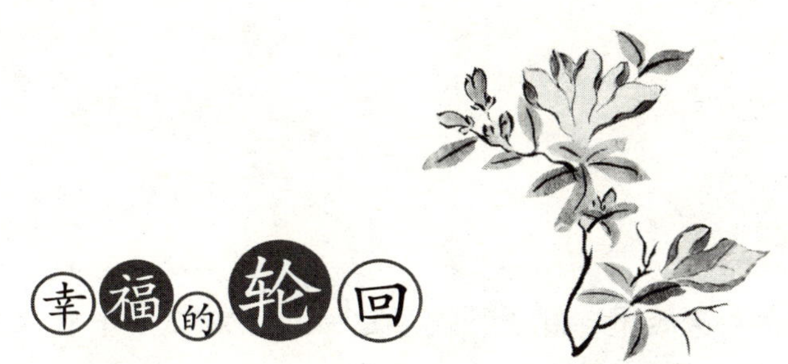

幸福的轮回

他每讲一句，就抽一口烟，烟雾缭绕，弥漫成一个巨大的幸福而温暖的磁场。

胖子和瘦子

〇冯骥才

这城里，胖子和瘦子是一对朋友。一个胖得出奇，一个瘦得惊人。这胖子等于瘦子四个左右。

那时，胖子走红运。当官儿必须是胖子，画家专画胖子，女人也要挑胖男人做丈夫。人人说胖子块头足，身壮力不亏，能显出真正的男人气。于是就出现愈胖愈好的趋势。这位本城最胖的胖子就受到格外重视，人们都向他讨教胖身术。他的照片、言论、轶事，到处争抢刊载。其中他的两句发胖经验："多吃多睡。动不如静。"被全城人当作口头禅与座右铭。照这两句话去做，果真见效！本城的胖子就愈来愈多，但一时胖不起来而鼓肋挺肚、假装胖子的也不乏其人。一次，胖子被一群记者纠缠住，非请他说一说发胖的秘诀不可，他信口说一句："要衣松带宽！"当日全城加肥衣服就被抢购一空。各种腰带都滞销了。此刻，任何有能耐的大导演、演员、球星、发明家、魔术大师、特异功能者，都压不过胖子的名气。

某日，胖子兴致勃勃地去找老朋友瘦子。他见瘦子依旧细骨伶仃，便伸出肉磙儿一般的食指直对瘦子肋巴骨说：

“现在城里人人都学我，你是我的好朋友，为什么反不学我？天下还有比你再瘦的人吗？”

瘦子淡淡一笑，颇含自负地说：

“别看你一时走红，等你过了劲儿，就该轮到我了。不信，走着瞧吧！”

过一年，真有了变化。不知哪来一种说法：人胖，发喘、出汗，行动不便，脂肪囤积多，容易患血管病，有百害而无一利。当人们对一种东西的好奇与兴致渐渐淡了，相反的东西就现出魅力。这说法即刻像一阵风吹遍全城，跟着，有人在报纸上发表整版一篇文章，曰《瘦子好!》。文章扬瘦抑胖，议论周密，又十分有理。文章说，瘦子灵便，体轻，占用空间小，心脏负担也小，不易患血管病，据统计，长寿的人中，百分之九十八是瘦子，百分之一是不胖不瘦的，只有一个胖子，看来胖子长命纯属偶然。

自此，人们又开始关心瘦身法了，那个一直被世人遗忘的瘦子，终于被人们当作一件稀世宝贝发现了。瘦子的经验刚好与胖子的相反。他要人们：节食、素食、少吃糖，不喝啤酒，早起打拳，饭后散步，生命在于运动……于是，原先写文章称颂胖子的那些人，又笔锋一转，纷纷撰文，引经据典，有理有据，证实瘦子的经验如何宝贵、可靠和正确。并赞美瘦子是“当代人最佳体重”，“最符合时代要求的体重”，“典型形象”等等。报刊有关胖子的报道一下子不见了。瘦子像片羽毛，一阵风，上了天。他的照片、轶事、经验、趣闻、言论、访问记、报告文学，像漫天飞花，风靡一时。

这天，瘦子在街上遇见胖子。胖子被冷落了，灰头灰脑，无精打采，他感慨地对瘦子说：

“当初你的话还真说对了，早知听你的话，提早设法变瘦，如今一下子很难瘦下去!”

瘦子听了，摇了摇他干树枝般的手指说：

“不！你应该保持这样，说不定哪天又时兴胖子了!”

记忆力

〇申　平

这帮老人家都已年过六旬了，这日却突发奇想，要搞小学毕业 50 周年同学会。

50 年，整整半个世纪。岁月的风霜早已染白了他们的头发，揉皱了他们的面庞，如今他们再见面，彼此还能认得出来吗？他们是否把珍贵的少年时期的友谊埋藏心底？

于是就打电话、发通知，足足折腾了半个月，还真的把人给弄齐了。全班除 4 人提前去了另一个世界聚会以外，其余 41 人都答应一定来。

聚会选在一家酒店的一楼，门口挂了标语和彩球，显得非常隆重。来得最早的当然是几个发起者。他们发现，这家酒店的服务真不错：门外有侍应生开门；一进大厅，服务员就把热毛巾递了过来；还有一个提着篮子的小老头儿，给每个人都发一包纸巾。显然，这是为他们流泪准备的。发起者连连赞叹：好，真是想得太周到了。

同学们陆续来到。每一个人的到来，都会引发一阵激动。大家先是静静审视来人，然后突然有个人叫出了他的名字，于是就是一阵欢呼，就是一阵热烈拥抱。也有一些人实在认不出来了，但当他自己一报家门，大家立刻恍然大悟。这种激动就更热烈，因为其中还包含着惊喜。

想想吧，50 年一聚，容易吗？人生会有第二个 50 年吗？昔日的少年，今天的老人，你拉着我的手，我搂着你的腰，说啊、笑啊、哭啊……那场面真的是太感人了。

那位小老头儿发给大家的纸巾真的派上了用场，而且有人发现，这个小老头儿竟然也被他们感动得热泪纵横。他也频频用篮子里的纸巾擦自己的眼睛。

激动过后，发起者开始清点人数，发现已经来了 40 人，就差一个人没有来。大家都在询问：他是谁呢？

那个提着篮子的小老头儿此时突然放下了篮子，走上前来说：是我啊，你们谁都没有把我认出来啊！

“刷”地一下，众人齐齐把惊讶的目光向他射去：你？你是谁啊，有没有搞错啊？

小老头儿在 40 双眼睛的审视下有点发窘，他急忙挺了挺腰，大声地说：我是陈大福啊，你们再看看、再想想。

发起者赶紧去查名单，果然有陈大福这个名字，可是……40 双眼睛又从头到脚把他审视了半天，有个发起者忍不住说：你不是酒店……干这个的吗？他指了指老头儿的篮子。接着他又说：你别开玩笑，我们可是同学聚会……

小老头儿就显得有点着急：我知道是同学聚会，这种事情谁会冒充啊。我明明就是陈大福嘛，你们睁大眼睛好好认认嘛！小老头儿随后又有点委屈地嘟哝道：这纸巾是我自己给大家买的——酒店还管你这个！

于是40双眼睛再次聚焦，恨不能看穿了他的骨头，可结果还是失望地摇头。小老头儿这回可真有点急了，他说：你们的记忆力……怎么这么糟呢？你们仔细回忆一下，那时咱班每天是谁最早来搞卫生的？你们再想想，学校开运动会，是谁给你们看衣服，是谁给你们打开水？班里组织劳动，又是谁干得最卖力气……

众人仍然半信半疑。突然，一个女同学尖叫了起来：哎呀，我想起来了，他的确是陈大福，他是我们的同学啊！

众人就一齐把目光投向女同学，显然希望她拿出证据来。女同学就有点兴奋地说：大家还记不记得，有一次他偷了学校附近农民的地瓜，让人家抓住，押到学校门口来示众……

噢——！众人齐发一声喊，他们的记忆闸门一瞬间呼啦啦全部打开。现在再看陈大福，怎么看怎么像他们的同学了。

但是此时的陈大福却没有半点兴奋，反而像中了枪一样痉挛了一下，他张大嘴巴，面部扭曲，用颤抖的声音说：天哪，你们还记着这件事啊！我做了那么多好事，就是想让你们忘了这件事，可是你们太……太伤人了！

陈大福慢慢转过身去，提起他的篮子，摇晃着向门外走去，任凭后面喊破了嗓子，他也一直没有回头。

离婚女人

○邓洪卫

乡下女人杨翠翠对法官吴未说，我想起诉离婚。

法官吴未暗自惊了一下，因为他很少见到一个乡下女人来主动起诉离婚。更多的案例是，男人起诉离婚，而女人死活不离。一个月前，就有一个叫小娥的乡下女人，跪在这里，请求吴未一定要判他们不离。小娥说，如果离了，我残花败柳的，身体又不好，干不得重活，下半辈子可怎么活呀。可是，吴未没有能改变小娥男人离婚的决心。小娥看离婚已经不可避免，就死命要求将儿子判给她。小娥说，有了儿子，就不怕到老没人管了。最后，在吴未的争取下，小娥得到儿子，还得到一大笔财产。

吴未想着小娥的事，看着面前的乡下女人，问，你为什么要离婚呢?

杨翠翠说，因为他太有钱了。还说，关键是钱的来路不地道。

吴未合上卷宗，用手示意她在对面的沙发上坐下来。吴未说，你把你的情况具体讲一讲。

杨翠翠说，她今年38岁，家住在杨集乡北河村三组。22岁那年，经人介绍认识了本乡青年黄兵。黄兵家住在街面上，自己又在乡饮料厂上班，算个有工作的人。所以杨翠翠的父母兄弟都很同意这门亲事。不久，他们就结了婚，还生了一对双胞胎儿子。可后来，杨翠翠发现这黄兵不是本分的人。他因为不好好上班、经常领一些人打架斗殴而被厂里开除。这一来，黄兵就像脱缰的野马，越发胡闹开去，被乡里的痞子尊为老大。这几年，黄兵又通过各种不正当手段，弄了不少钱，在国道旁砌了一套三层小楼房。有了钱，黄兵更加张狂，经常带人到家里来喝酒赌钱，把家里闹得乌烟瘴气。杨翠翠觉得这种环境对正在上学的两个儿子会产生不良影响，于是就想到了离婚。

吴法官听杨翠翠讲完，问，那么，你有哪些方面的要求呢？杨翠翠说，我不要他家一分钱，我只要求将大双二双都判给我就行了。

吴法官心里又是一惊。他受理过许多离婚案子，大都是为分割财产的事纠缠不清，像杨翠翠这样不要钱只要孩子，而且是两个孩子都要，他还是第一次遇到。吴法官为难地说，像你们这样的情况，应该是夫妻双方各得一个孩子。你两个孩子都要，肯定是有难度的。再说，你一个农村妇女，要将两个孩子抚养成人，多难呀！

杨翠翠说，我不怕难，我一定能把两个孩子抚养成人。再说了，我就是为了孩子才要离婚的。黄兵说过，他不想让孩子读书了。过几年，孩子长大了，他想让孩子跟他一起混天下呢。这怎么能行呢？这不是让孩子跟他跳火坑吗？

吴法官问，那么，你就真的不要一点财产？

杨翠翠说，我不要，我嫌那钱来路不正，迟早是要倒回去的。那天，快中午了，杨翠翠才走。吴法官的心情却久久不能平静。

过了几天，杨翠翠又来了。杨翠翠说，男人接到了法院的传票，气坏了，将她暴打了一顿，扬言她如果再要离婚，就杀了她。还将她关在家里，不让她出门。她这是逃出来的。说着，杨翠翠捋起衣袖，胳膊上青一块紫一块，满是伤痕。

吴法官问，那你还想离婚吗？

杨翠翠说，想离。

吴法官说，你的父母兄弟都同意你离婚吗？

杨翠翠说，他们都不同意我离婚，骂我疯了，放着好日子不过，做让人戳脊梁骨的事。你知道，在乡下，离婚的女人是让人瞧不起的。

吴法官说，那你还要离婚？

杨翠翠说，为了孩子能健康成长，这婚我离定了！

吴法官说，好吧。

经过许多周折，杨翠翠终于从吴法官手里接过了离婚判决书。当天中午，杨翠翠带着两个孩子无论如何要请吴法官吃饭。吴未推辞不过，就去了。杨翠翠斟了满满一杯酒，颤抖着手说，恩人，我敬您一杯酒，谢谢您救了两个孩子。说着，“扑通”跪在地上，大颗的泪珠扑簌簌滚落下来。这是吴未见到杨翠翠申诉离婚以来的第一次落泪。

吴未法官正是我的朋友。那天，我们在一家大排档喝酒，他向我讲述了杨翠翠的故事。四周的嘈杂将他的声音挤得很低。大排档的老板娘很干净利落而又不失热情，她在为我们上菜的时候，总是一脸的微笑。

我们正唠着，有一个衣服破旧的女人拄着拐杖走到门口。老板娘赶忙将一大碗饭倒在那女人的碗里，又给她倒了许多菜。那女人连声道着谢，蹒跚着走了。吴未说，你知道那个要饭的是谁吗？她是我跟你说过的小娥，她从丈夫那里分得了一部分财产，很快就用完了，儿子嫌家里穷，跑到他爸那儿去了，小娥没法生活，就到城里要饭为生。

这时，从外面走进来两个背着书包的男孩，一看就知道是双胞胎。他们先是欢跳着向老板娘叫了一声妈，一扭头，看到了我们，两个孩子又走过来，对着吴未恭恭敬敬地叫了一声：吴叔叔好。

吴未说，这就是杨翠翠和她的两个孩子。她离婚不久，黄兵就坐了牢。两个孩子今年都考上县中。杨翠翠就在这里开了大排档，赚钱供孩子上学，同时还要照看黄兵年迈的父母。两个孩子在班上成绩都名列前茅。

吴未又感慨道，还是那句老话呀，不是命运主宰人，而是人主宰命运。

我们吃好了，杨翠翠将我们送出了门。我们走出老远，杨翠翠还站在门前，向我们挥手。杨翠翠的旁边立着一面灯箱，上面写着几个红色的大字：杨翠翠大排档。那几个字在灯光的映照下，十分夺目。

怕

〇徐常愉

高强记得，他从懂事起，就怕一个人。是村主任。在高强眼里，村主任整日里背着手走路，脸上一点儿笑容也没有，就是吓人。爹叫他去村主任家借家什，高强摇摇头说，我不敢去。爹嗔怪道，怕啥？高强说，怕村主任。爹愤愤骂道，没出息的东西，见不得大世面！

高强满心的不平，嘴里嗫嚅道，你不怕，你怎么不去？

其实爹也是怕村主任的，高强就亲眼见过。有一次村主任喊着爹的大号吩咐道，高大顺，明天把我柳树洼的两垄玉米地锄锄。爹连忙赔着笑答应，中中中。

不但爹怕村主任，高强发现村里许多人都怕村主任，村主任吩咐啥事，他们都抢着说中。高强想，那些大人们都怕村主任，我一个毛孩子怕村主任也不算孬种。

可是没过几年，高强就不怕村主任了。并不是高强长高了，胆子大了，而是村主任贪污公款叫人们给轰下台了。下了台的村主任走路不再背着手，脸上也有了笑容，特别是遇见小孩子总要逗弄一番。为此，高强不但不怕村主任了，反而有点喜欢上他了。

然而，刚喜欢上村主任，高强又怕上了一个人。是村里的寡妇水香。水香的男人活着的时候，高强没感觉出怕来。可是，水香的男人一死，高强就开始怕了。主要是水香在男人死后越发爱打扮了。而且打扮得花里胡哨的，描眉打鬓不说，还穿裸露的衣服，把胸前的两个大奶子露出一半来，走路的姿势也妖，把肥硕的屁股扭出二里地去。高强每次见了水香，既想看又不敢看，弄得心里怪难受。特别是水香的眼神最吓人，带钩钩儿，勾得人心慌意乱的。那次，娘叫高强去水香家还筛箩，高强说，我不去。一旁的爹说，咋，你连个臭婆娘也怕？爹这么一激，高强去了。于是领教了水香的眼神的厉害。自那以后，高强见了水香就低下头快步走开。

可是没过个一年半载，高强也不怕水香了。因为水香出事了。她偷人家汉子，叫人家好一顿暴打，打得半年没出屋。半年后再出来时，样子发生了变化。脸上不抹粉了，头上不打油了，走路的姿势也规整了，眼睛里也没了钩钩儿，瞅人的眼神怯怯的，一副可怜巴巴的样子。高强见了水香把头抬了起来，有时候还冲她哼一声或吐一口唾沫。

这样舒坦的日子没过几年，高强上了高中，结果又怕上了一个人。是他的一个同学，叫庞志宇。庞志宇这家伙财大气粗，仗着老子有钱，在学校里横行霸道，胡作非为。仅仅这些还不算可怕，更可怕的是，庞志宇犯了错误没人敢管，老师总是无奈地摇头。据说是因为，庞志宇的爸爸每年都要向学校捐资助学。这样一个人物谁不怕？同学们都远远地躲着他，当然，高强躲得更远。

可是，躲得远也没用。有一次，庞志宇远远地冲高强喊，喂，你站住。高强吓得心里嘣嘣跳，急忙站住了。庞志宇走到他面前问，你干吗老躲着我？高强脸憋得通红没说出话来。庞志宇不高兴了，他指着高强道，你再躲着我，看我怎么收拾你！说完气冲冲地走了。吓得高强一身冷汗。从此，高强不得不花费大量的心思用在保持和庞志宇的距离上。日子过得提心吊胆，学习成绩也直线下滑，老师找他谈话，他又不敢实话实说。那段日子，他感觉整天灰蒙蒙的。

庆幸的是，这样灰蒙蒙的日子很快就结束了。庞志宇用刀子捅了人，被判刑了。不过听到这个消息，高强没有笑出来，反而哭了。

后来，高强还先后怕过许多人，比如，大学里的教授、家里的老婆、单位里的领导，等等。可是，无一例外的是，凡是他怕过的人最后都没有好下场。教授身败名裂，老婆羞愧离去，领导锒铛入狱……

高强回忆以上这些的时候，已经过了不惑之年，如今的他已经成了小城呼风唤雨的人物，单位里大权在握，家中金玉满堂，身边红粉如云。高强回忆完以上这些经历长出了一口气，因为他觉得自己如今终于没什么可怕了。然而，他还是错了。

那次，高强回乡探亲。八岁的小侄儿见了他，竟躲在门后不敢出来。他爹过去往外拉他，他仍不出来。他爹问他，咋？小侄儿说，怕。他爹问，怕谁？小侄儿指指高强。他爹说，那是你大伯，怕啥？小侄儿却仍不出来，显然是仍怕。

没想到，小侄儿的举动把高强吓得不轻。高强突然发现，如今的自己连一个小孩子都怕了。

饮食男女

○朱门客

他是个典型的事业型男人。热情如火，勤奋进取，不顾家，工作狂，不肯损失一点儿的自信和野心。她照顾起居，心满意足，一进厨房就精神抖擞，他的胃口和身体是她忧喜的标尺。他有胃病，她听说汤能养胃，就开始认真琢磨起怎样煲汤。一罐好汤，除了原料配料精挑细选，火候也要掌握妥当，更重要的是时间，一时的心血来潮，一时的寂寞无聊，都会断送了一罐好汤。漫长时间里，蓝色火苗炖熬着你的耐心。女人不担忧自己的耐心，因为她知道自己源源不绝的耐心从何而来。一碗好汤要清爽，乌七八糟混杂在一起的汤是一场敷衍推诿的婚姻，败坏心情，腐沤心灵，病容恹恹。他们的婚姻不是这样。

她宠坏了他的胃。他每晚回家必要喝一大碗久煲靓汤才能安睡。在她汤水的滋润下，他活力四射，成绩斐然。五年内，不断升职加薪，成为真正的成功男士。他觉得她太辛苦，让她辞职专心做起家庭主妇。她欣然应允，厨艺愈加炉火纯青。可惜的是他的应酬开始多起来，经常出入高级酒店，浪费了她一桌桌心手齐到的美味。但他一直保持着每晚喝汤的习惯。他说，外面稀奇古怪的酒水菜肴在他胃里打架，她的一碗汤下去就能平息干戈。

问题还是出在外面那些古怪的酒水菜肴上。一次陪客户吃饭，客户劝酒不迭。他的胃不好，但人家的脸色更不好。左右为难时，那个新来的女大学生小谢替他解了围。那晚，这个一头乌黑长发的女孩醉倒在他怀里。他开车送她回去，扶她上床。刚要离去，她一把抓住他的手，说，请你不要离开我。他怔住，依稀记得史努比好像对着它的小主人查理·布朗说过同样的话。史努比知道那个红头发的男孩对它好，它知道那个男孩一走，它的一生就毁了。

他和她在一起，新鲜浪漫，像进入又一个青春时光。但他放不下家里煲汤的女人，觉得愧疚。女孩子聪明，知道他们间的那层障碍要女人自己来突破。她登门造访，滔滔直陈。女人一直坐着，细心剥着莲子。嫩绿的心，就那么一点儿，但她知道很苦。

女人主动提出离婚。她知道有些事情拖延和挽留是没用的。生活不是莲子，莲肉和莲心那么分明，苦涩剔除，还熬一罐清香的汤。

男人和女孩结了婚，融洽幸福，就是遗憾每晚喝不上暖胃的汤。他们都不擅烹饪，饭菜吃得潦草无味。日子一长，他的胃又兵戈相见。他开始叹息。

忽然间听说她开了一家饭馆。他急急前往。落座，点了他熟悉的汤，期待着一场久违的盛宴。服务生端上了汤，重逢让他险些落泪。他拿匙细品，一入口，皱起了眉，再喝，眉头更紧。他气愤地对服务生大吼，全不对味，叫你们老板！女人走出来，淡淡微笑。他说，这汤，全不是以前的味道。女人缓缓地说，当初是一个丈夫在家里吃一个妻子给他做的汤，现在是一个顾客在店里吃一个厨师给他做的汤。你不能接受一个丈夫得到顾客的待遇，我也不能接受一个顾客要求一个丈夫的享受。他听得明白，求她，你能亲自下厨做一次吗？一次。女人摇头，即便我亲自下厨，还是这个味道。一个顾客怎能奢望在这里吃出一席精彩绝伦的家庭盛宴？一饮一食，岂止是靠一双手来完成的？

他落荒而逃。当年那些汤汤水水，他现在才品出味道。隔了漫长的日子，竟凄凉酸涩。

幸福的轮回

〇游　睿

王语对自己的生活有全新的认识是从李顺做了自己的邻居开始的。

王语在机关上班，单位效益不好，但竞争激烈，哪天不努力就可能哪天被淘汰。王语的老婆下了岗，儿子正上初中。工作累，生活更累。王语觉得自己在单位一直抬不起头，在家里一直喘不了气。很多次，王语都对自己失望了，要不是头上绷着一张男性特征明显的脸，王语真想自杀算了。

但幸运的是李顺成了王语的邻居。

以前王语的隔壁一直空着，里面没装修，是清水房。这天王语下班回家，意外地发现隔壁的门开着，他刚想看个究竟，里面就探出一颗圆乎乎的脑袋，一个肩上搭着块毛巾的中年汉子露出一口洁白的牙冲他笑道，我叫李顺，今天刚搬来的。李顺说他从乡下来，带着老婆孩子准备找点儿事做，他自己打算到工地上干点儿体力活，老婆就去擦擦皮鞋什么的。

没几句话，王语就和李顺成了熟人。王语走进李顺的家，里面空荡荡的，只有几样简单而且破旧的家具，一个和自己孩子差不多高的孩子正蹲在一个塑料凳子面前写作业。一根绳子拉在客厅中央，上面挂着几件打了补丁褪了色的衣服。王语的鼻子当即一阵酸楚。

王语回到家里，连忙将儿子不愿意穿的一些衣服收拾出来，将家里一些闲置着的凳子和椅子都搬了出来，然后一起给李顺家送过去。李顺感激地收下，尤其是那些衣服，李顺的儿子高兴得跳了起来，马上就忍不住穿上试试。

这天晚上，王语躺在自己的床上，第一次感觉到自己的生活其实很充实。与李顺比起来，自己起码有一份稳定的收入，尽管累点，但总比干体力活好。自己的妻子儿子，从来都是衣食无忧，自己再苦再累也不会让他们受委屈。更让王语高兴的是，他第一次发现自己也能帮助别人，尤其是想起李顺的儿子试穿自己儿子衣服的高兴样子，王语发现，原来能帮助别人也很快乐。

在接下来的日子里，李顺一直很尊重王语，觉得他是个有单位的人，不简单。李顺常常一脸汗水地对王语说，瞧你多好，坐在办公室里不吹风不下雨的也能比我挣的钱多好多倍。这时候，王语就突然觉得自己其实过得很幸福。王语经常帮助李顺家，比如给李顺的儿子买点儿学习用品，给李顺联系点儿更挣钱的体力活，给李顺的老婆找几个固定的客户擦皮鞋。

看到李顺接受自己的帮助，王语就更快乐了，王语对自己的生活充满了信心。此后他每天都想方设法帮助李顺家。王语说，邻居呢，有什么事说一声。

这天下班回家，王语发现李顺家里有动静，王语敲门一看，只见李顺一身白色的灰浆正在刷墙。李顺露出洁白的牙齿说，老婆擦皮鞋的家什让城管给没收了，刚好这几天他干体力活挣了点儿钱，他发现这院子里爱打牌的人特别多，于是就想把家里拾掇一下，开个小茶馆。为了节约钱，他就自己刷墙了。

好呀，这主意不错呀，你脑子蛮机灵的嘛。王语马上支持，说回头我给你找几个客人，给你捧场。

没几天，李顺的茶馆就开业了。没想到，生意挺不错。李顺夫妻俩整天在茶馆里忙得脱不了身。每次王语下班回来，都看见他们俩在忙。最初王语也没怎么在乎，后来有一天事情就发生了转机。

中秋节这天，单位给每个人发了一盒月饼。包装看上去不错，但单位里的人都知道，与自家买的月饼比较起来，谁愿意吃呢。不少同事干脆把领到的月饼往王语桌子上一放，说，我们的都给你了，你家里还有孩子呢。换以前，王语肯定会生气，甚至又会想到自杀，但这回王语没有，王语想，把这些月饼给李顺家多好。

下班的时候，王语把月饼带回了家。可刚进家门，就发现桌子上放着一盒价值不菲的月饼。老婆见他回来，连连抱怨说家里有月饼了你还带那么多回来干嘛。王语说可以送给李顺家呀。王语老婆马上就吐了口唾沫说，瞎操什么心，现在李顺家还需要你送月饼？我们桌上的好月饼就是李顺家送过来的。这几个月他家开茶馆，发了。

发了？怎么发了？

老婆说，你不知道呀，他现在一天的收入相当于你半个月的工资。现在他们家可不是以前了，前几天我把儿子的一件旧衣服送给他们家，结果他儿子没看上。你呀，以为你在单位上几天班就了不起呀，还赶不上人家开茶馆的！老婆说完，就甩给王语一个冰凉的背影。

老婆的话一遍又一遍在王语耳边回荡。王语将一大堆月饼统统掀在了地上，然后点了根烟猛地抽了起来。隔壁的麻将声不断，王语感到了前所未有的烦躁和失落。他发现自己又回到了从前，原来自己的生活一直都很失败，连李顺都比自己过得好。王语用力地拽住了自己的头发，片刻之后，他缓缓地拿起了手机。

这天晚上，李顺家里来了一批警察，把李顺的茶馆给查封了。第二天早上，王语起床的时候，发现李顺的门半开着。王语走了进去，看见李顺正低头坐在地上，家里一片狼藉。

看见王语进来，李顺沮丧地说，警察将家里的钱和麻将全部没收了，还要求我交几千元罚款，我这下不但赚不了钱，还要欠一屁股债，唉，还是你们有单位的人好呀。

王语连忙从钱包里掏出一沓钞票塞给李顺说，先拿着，把事情了结了再说。李顺接过钱，感激得差点儿掉眼泪。

看着李顺的样子，王语立刻有了一种前所未有的幸福感，王语说，邻居呢，有什么说一声啊。

粉 刺

〇周海亮

从汪丽来办公室那天起，老张就被改变了。确切地说，改变的是他的那张脸，以往那张脸总是一丝不苟地板着，皱纹拥挤，现在竟有了笑意，皱纹也舒展了很多。那笑意配合着刮得发青的下巴，不由得让人联想起一个词：返老还童。

汪丽刚走出大学校门，正是花一般的年纪，并不十分漂亮，身材也有些偏胖。可是她往你面前一站，就让你觉得生活立刻充满了生机。也许是因为年轻吧，老张想，年轻代表着幼稚和冲动，更代表着阳光和快乐。她的出现，让老张回想起自己的青春岁月。

汪丽是那种大大咧咧的女孩。刚来时，她管老张叫“张科长”，叫了没几天，改成“张老师”，再后来，就变成了“张大哥”。她穿着紧绷绷的牛仔裤，宽大的白汗衫。她的头发柔柔顺顺地垂着，半掩了可爱的脸庞。她坐在老张对面，淡淡的香水味总让老张打喷嚏。汪丽说感冒了吗张大哥？老张的脸就红了。张大哥？他想，我这年纪能当你叔叔。

有时汪丽去老张身后的饮水机打水，饱满健硕的身体常常会碰到他的后背。每到这时，他的心就会怦怦地跳……

周末大家去歌厅唱歌，也拉老张去。老张说我就别去了，你们年轻人去吧。科员们都知道老张的脾气，就不再劝。汪丽却不。汪丽说张大哥你就去放松一下嘛。老张说我不会唱你们年轻人的歌。汪丽说你可别装老啊！歌厅里什么歌没有？样板戏、京戏、黄梅戏……你想唱什么都行。老张说那别人还不笑掉大牙？汪丽说谁敢？去吧张大哥……你去，我和你对唱。老张还想推辞，却被汪丽拉了手往车里拖。

七八个人在包厢里边喝酒边唱歌，闹到很晚。汪丽要和老张唱《夫妻双双把家还》，老张说换一首吧。汪丽说你不会唱？老张说会倒是会……还是换首别的吧？汪丽就呵呵地笑。她说看不出来张大哥还这么封建。于是就唱了。汪丽的嗓音很好听，老张觉得有马兰的味道。汪丽喝得有些多，软绵绵的身子紧靠着老张，长长的发丝轻扫着他的脸，带给他极舒服的痒。那晚汪丽和老张说了很多话，可是第二天老张一句都想不起来。他只记得从汪丽嘴中散发出淡淡的麦芽香味，让他沉醉。

星期一再见到汪丽，他的脸竟然发红发烫。汪丽说张大哥今天怎么了？老张忙说感冒了感冒了。然后拙劣地咳嗽一声。

那以后老张总盼着周末，盼着能再去歌厅。可是他们却不再聚了。周末下班，鸟兽般散去。老张的心，便有些失落。

那天老张赶一个表格，在办公室呆到很晚。汪丽也没走，坐在老张对面玩电脑游戏。老张说你怎么还不回家？汪丽说马上马上。她开始收拾东西，拿一面很小的镜子照自己的脸，突然大叫了一声，声音高亢。老张说怎么了？她说脸上又长粉刺了！老张说长个粉刺这样大惊小怪？我还以为长出了钻石。汪丽说你讨厌……多难看啊！你帮我挤挤。老张说不能挤，别挤出疤什么的。汪丽说一定得挤，我以前都找别人挤，你看我脸上有疤吗？老张就仔细看她的脸。那脸光洁细腻，连毛孔都看不出来。老张说那我就挤了，挤疼了别怪我。汪丽说，张大哥快挤吧。

汪丽咬着牙，脑袋拱着老张的肩，表情痛苦。老张的手哆嗦着，心乱乱地直跳……他再一次回到了自己的青春岁月……汪丽嘘嘘地吹着香气，让他面红耳赤。突然他抱紧了汪丽。他认为她应该不会拒绝，他想她可能会递上朱唇，可是他想错了，汪丽轻轻挣脱了他。她的拒绝非常温柔。等老张反应过来，汪丽已经站到几步之外。她说对不起张大哥，你太幼稚和冲动了。然后她就走了。脸上带着那个挤了一半的粉刺。

幼稚和冲动？老张撇撇嘴，一个刚毕业的小姑娘这样批评他，除了让他感到无地自容，还让他感到好笑。

回到家，上高中的女儿正猫在沙发上看电视。老张说怎么还不睡？女儿说等你呢……帮我挤挤这个粉刺。

老张在女儿身边认真地坐下。他说你以前是怎么挤的？女儿说找别人帮忙。他问找谁？女儿说老师啊同学啊！他问男的女的？女儿说男女都有……爸你问这些干嘛？老张就火了。他站起来，把手提包扔上沙发。他冲女儿嚷，你怎么不学好？

躺在床上的老张翻来覆去睡不着。他认为自己今天晚上，果真有些幼稚和冲动了。他想女儿没长粉刺，汪丽也没长，长了粉刺的，其实是他自己。他摸摸自己的脸，那上面，布满了让他踏实的皱纹。于是他笑了。他知道，现在自己平安地度过了第二次青春期。

迷　乱

○袁炳发

年近四十，却依旧漂亮、丰腴的宫雪艳最憎恨的就是这几年自己身上多出来的那些赘肉。

有着浓郁的自恋情结的宫雪艳认为，只要能想尽一切办法，除去身上多余的脂肪，那么，自己整个人就近乎完美了。

宫雪艳认为漂亮的脸蛋和苗条的身材是女人在这个社会上最好的通行证。所以，在吃过各种减肥药、喝下各种减肥茶，仍毫不奏效的情况下，宫雪艳咬咬牙、狠狠心，一下拿出一万多元，加入到一家国际休闲健身俱乐部，成为那家俱乐部的一名持有年卡的会员。

她抱定的信念是不练出李玟那样的魔鬼身材决不罢休。

为了实现瘦身减肥梦想，宫雪艳成了俱乐部里最刻苦、最用功的学生，弯腰甩胯、奔跑跳跃、游泳、保龄、器械强化训练……面对一项项折磨人的“大剂量”运动，她意志坚强，样样争先、样样不肯落于人后。

这样来来回回折腾了近一个月，宫雪艳身上赘肉依然。宫雪艳并没有因此气馁，她坚信功到自然成。

一天，当宫雪艳在跑步机上一阵疯狂的挥汗如雨后，坐在休闲椅上小憩时，一个面庞清俊、身材匀称、穿一身“斐乐”牌黑色健美服的大男孩走过来，与她友好而亲切地打起了招呼：“嗨，漂亮的女士，你好!”“你，你好!”在男孩有些灼灼的目光下，不知为什么，她突然变得局促。打过招呼，男孩并没有马上离开，望着热汗淋漓的她，男孩就用自己那略带几分磁性、在她听来颇似阿杜的声音，关切地询问起她健身后的感觉，而后又问起了她瘦身的效果。在男孩的注视下，她竟露出了与年龄不符的羞赧神色，甚至莫名其妙地希望自己在男孩的眼中能显得苗条一些、年轻一些。她还后悔自己不该穿这身浅色的健身服，她不希望男孩感觉她很没品位的样子。

就这样，她与男孩相识了。

通过了解，她得知男孩是俱乐部里的私人健身教练，刚刚毕业于一所师范大学的体育系。对于私人教练这个称谓，从前，她只是在电视和杂志上听说过，没想到有一天，自己竟会与之面对面。男孩爽朗、健谈，关于如何进行科学健身、如何通过美容塑身、合理调配饮食保持青春等一些为她所关注的话题，他都能切中要害，讲得头头是道。男孩还特意让宫雪艳看了他带的学生减肥瘦身的档案资料，那上面记录着一个个渴望美丽的女人梦想成真的故事。

待宫雪艳看完后，男孩凑近她的耳朵，悄悄说：“其实，这应该是保密的。”这句话让宫雪艳感觉自己和男孩距离突然拉近了，因为他们有了共同的秘密。这时，男孩又主动提出陪宫雪艳做一次全身运动，让她找找感觉。

第一次在私人教练的陪伴下健身，宫雪艳显得很羞涩。虽然，男孩总是提醒她要注意放松，可她却紧张得要命，几乎不敢做动作。当男孩细心地为她做身高、体重、三围等各项数据指标的测试时，她更是紧张得连大气也不敢出。当男孩的手自然地碰触到她的身体时，她感觉自己的全身都变得僵硬起来，可她又很怕被男孩看出自己的窘态，便努力掩饰。幸好，男孩总是能理解地一笑带过。

从那以后，她每次来，男孩总是很热情主动地跟她打招呼，并询问她的塑身进度。

一次健身过后，男孩走过来，主动提出请她到楼下酒吧坐坐。于是，她跟着男孩走进了酒吧。迷离的灯光下，她显得很耐看。男孩脱口而出：“这时候的你，很迷人。”接着男孩又说：“坚持下去，你会更迷人。”宫雪艳觉得男孩特别能理解她的心情。

那个晚上，就为了男孩这句话，她喝了很多酒，走时脚步都有些凌乱了。男孩要送她回家，她答应了。一路上，她感觉自己的身体轻飘飘的，仿佛没有了重量，她突然很想放肆地在男孩的怀里靠一靠，丈夫整日忙于外面的应酬，她感觉自己已经被冷落很久了。而男孩似乎看透了她的心思，坐得离她那么近，她分明能感觉到他如兰的气息。那一刻，宫雪艳多么希望回家的路程能再长一些啊，那样她就可以将这种很撩人的感觉保持得更长久一些。

不知为什么，宫雪艳着了魔一般，越来越喜欢往健身中心跑了。男孩已经正式成为她的私人教练。虽然，每月她要为教练多支出一笔不小的开销，但是，她喜欢这样做。

男孩飞扬的青春和无处不在的活力深深吸引着她，男孩还带给她许多鲜活的感觉，这种感觉在她和丈夫当年恋爱时曾经有过，但那已经是相当久远的事了。在与男孩的接触中，她觉得自己一下子变得年轻起来。偶尔，她会不经意地流露出一些小女儿态，而这些在她来说也都是久违了的一种感觉。现在一有时间，她首先想到的是去健身。而且，每一次去，她都把自己打扮得很靓丽、很时尚。女伴们说她越来越年轻了，越来越有活力了。

她继续保持着与她的私人教练的友好交往。只是有些时候，她会感到很不开心。她明明知道男孩不仅仅是她一个人的教练，可她就是妒忌所有跟男孩搭话的女性，尤其是那些青春扑面的年轻女孩，让她感到有说不出的危机。

不知为什么，她毫无理由地对男孩着迷了。她多么希望男孩能够真正成为她一个人的教练啊!

一天，她发现男孩又以她熟悉的方式，与另一个新会员、一个年纪与她相仿的女子打起了招呼：“嗨，漂亮的女士，你好!”语气一如当初对她时一样，深情而充满磁性。

这时，宫雪艳的心中竟有了说不出的难受。

继而，宫雪艳的内心又开始惶惑起来。

七年之约

〇石　鸣

1999 年 8 月 24 日，热恋中的赵开军和王秋芸被迫分手。分手的原因很简单也很复杂。简单，是因为两人的分手不是感情出了问题，而是双方父母不同意；复杂，自然就是双方父母死活也不同意的原因了。赵开军和王秋芸各自都做了一些努力，进行了一些抗争，但他们的努力和抗争不但没有解决问题，反而更加坚定了各自父母的决心，于是 1999 年 8 月 24 日这一天，两人一起吃了热恋中的最后一顿晚餐，泪流满面地分手了。

晚餐是在城东一家他们此前常去的小餐馆吃的，饭菜很香，两人的心却很苦，结果两人苦涩的心最终让美味的饭菜通通失去了滋味。想到此前他们以死威胁，父母都毫不心动，两人心中不禁充满了绝望和悲凉。看来，此后要见面，就必定只能是偷偷摸摸地见面了，但偷偷摸摸地见面又有啥意思呢？那还不如不见，也免得一次又一次地将伤疤挑破，让心中苦涩的血没有止境地流淌。就这样，在味同嚼蜡的吞食过程中，两人最终狠下决心，既然命运已经向他们展示了如此强势的绝情，那么对他们而言，眼下最好的选择也就只好是认命了。为了避免在以后的日子里因旧伤复发而痛苦，他们决定从当天分手后就彻底消灭一切可能会引起他们旧伤复发的因素，彻底斩断一切会将他们再度联结起来的可能：烧毁彼此写给对方的情书，不管这情书当初是如何地情真意切催人泪下；销毁两人的合影，并顺带销毁一切两人共同游玩时拍下的照片，不管这照片是单人的还是双人的；不独自一人去以前两人常去的一切场所……当然，最重要的还是，不再见面——不是一年半载不见面，也不是三年五年不见面，而是今生此世都不再见面。

做出了这个决定后，赵开军和王秋芸都禁不住泪流满面。他们放下筷子，在餐馆里默默无语地坐了好长时间，以至于餐馆服务员一度认为他们遇上了忘记带钱的难堪事。含情无语倚楼西，为痛沉醉几成泥，两人一直坐到夜幕完全低垂，这才结账走出了餐馆。晚餐一共消费了100块，两人都坚持要对方让自己买单，最后竟为此争执了起来。不过争执的过程非常短暂，因为他们几乎在争执刚刚开始的瞬间就突然都安静下来了，他们发现，以前一道上餐馆吃饭时，可从来没有这样为买单争执过啊。要么赵开军掏钱，要么王秋芸付款，都是不言不语的，多么默契。这种默契现在突然在热恋中的最后一顿晚餐结束时被发现，让两人都不免对这顿晚餐有了些恍若隔世的感慨，于是两人互相握着对方掏钱的手，在心中又生出了一阵黯然。最后，两人松开手，各自掏出50块钱递给服务员。服务员拿着钱离开了，她终其一生也不会想到，这各自掏出的50块钱不是两人在AA，而是彼此在为对方买单。

看着服务员离去的背影，赵开军和王秋芸内心五味杂陈地相视一笑。这是两人之间最后一次为对方付出的机会（哪怕它在旁人看来是多么可笑），他们很欣慰彼此都默契地给了对方机会。在这个炎热的夏日夜晚，两人被寒冷袭击的内心也因此有了些许苦涩的暖意。

不过，当他们走出餐馆大门后，一个突发事件却改变了他们的决定。在他们前方十几米远的十字路口，两辆车猛烈地撞在了一起，尖锐的刹车声和巨大的撞击声吓坏了行色匆匆的路人，也打断了他们正要说出口的最后的告别话语。他们一同往前看去，发现一辆车的侧面已经完全变形，另一辆车上跌跌撞撞走下一个人，掏出手机焦急地打电话。在路灯不太明亮的光线下，他们看见打电话的人脸上和胳膊上都是血。很多人开始围上去看热闹，赵开军和王秋芸却僵在了原地，心中生出了一丝难以言说的空寂。生命其实是多么的脆弱啊！谁也无法预测生命中那些突变的到来，因此谁也逃脱不了那些突变的打击。整个晚上，他们都在决定以后不要见面，却丝毫没考虑不见面的他们是否都能好好地活着。眼前的车祸提醒了他们，他们郑重约定，七年后的这一天，在同样的餐馆，他们再见一次面，吃一顿晚餐。不为别的，只为能确切地知道对方是否还好好地活着。两人最先约定的时间是十年，但十年太长；又改成五年，不过五年又太短，于是最后定下七年。就这样，2006年8月24日这个对常人来说也许普通也许不普通的未来日子，提前向他们展示了非比寻常的意义。

于是，时间就像赵开军和王秋芸手中的一把豆子，从 1999 年 8 月 24 日这一天开始，便有了具体而实在的形象。当他们发现手心只剩下最后一粒豆子时，他们知道，重逢的时刻已经在焦急地等待着他们了。

2006 年 8 月 24 日这天下午，赵开军和王秋芸早早地就开始为晚上的重逢准备了。他们首先要做的，就是向各自的爱人撒一个温柔而合理的谎——1999 年分手后，两人在随后的三年内各自结了婚，有了孩子，但关于这次重逢，两人都一直深埋心底。然后，他们要整理一下自己的思绪。七年未见，而且因为坚守当初的约定，两人七年间都没有打探过对方的情况，他们还真不知道见面后话题从哪里开始呢。不过，他们并不担心没有话说，事实上，他们内心都有多少话要告诉对方、都有多少话要问问对方啊。他们想问问对方七年来过得怎么样，想听听对方七年来最开心和最不开心的事，如此等等。当然，最主要的是，他们各自都还有一个最重要的问题要问问对方。王秋芸想告诉赵开军，他们分手后她有很长一段时间想去了解双方父母为什么死活都不让他们在一起的真相，她想告诉赵开军她内心深处一个隐约而令人不安的猜想，这个猜想来自于她看电视剧所受到的启发，那就是他们两人也许是同父异母或同母异父的兄妹。她试着去了解过自己父母的过去，但是一无所获，所以她想让赵开军去了解一下他父母的过去，也许他能找到某种线索。如果是王秋芸先开口谈到这个猜想，赵开军一定会大吃一惊，因为他想告诉王秋芸的，也是这样一个猜想。不过，这个猜想说出来后，两人接下来的探讨无疑会让王秋芸和他自己都万分失望，因为在过去的几年里，他也通过各种方式去了解自己父母的过去，同王秋芸一样，他也没有发现任何可疑的蛛丝马迹。

不过，在他们各自整理着思绪的时候，他们还不知道对这个猜想的交流只会给他们带来让他们更加困惑的结局，他们只略显急躁地等待着时间的流逝。时间缓慢地行进着，终于到了下班时刻，两人分别登上开往城东的公交车，向等待着他们的重逢走去。但是赵开军和王秋芸谁也没有想到，因为七年前分手时约定了彼此都不独自一个人去以前两人常去的一切场所，他们多年来都没有再去过那条餐馆坐落的小街，所以他们都不知道那一大片区域，早已在三年前政府的整体规划中彻底改变了模样——不仅是小街没有了踪迹，他们以前熟悉的所有建筑，如今都已荡然无存。在他们眼前展现的，是新的大楼和新的大道，他们只能估摸着在某个陌生的车站下了车，茫然无措地祈求命运能帮他们一把，让他们能奇妙地相遇。但是他们都没有看见那个深嵌在脑海里的熟悉身影。夜幕渐渐地垂了下来。

赵开军和王秋芸无助地站在夜幕中。他们有多少话要告诉对方啊，可是他们不知道对方在哪里，也不知道到哪里去寻找对方，甚至，他们还不知道对方是否还好好地活着。眼前繁忙的大道车流不息，不时有尖锐的刹车声传来，撕裂着包裹他们的夜幕，也撕裂着他们空寂落寞的心绪……

太阳底下最幸福的人

〇蔡　楠

母亲坟上的青草荣了又枯，枯了又荣。掰指细数每个悲痛的日子，不觉间，母亲离开我们快两年了。

两年来，我始终不敢打开记忆之闸，不敢让回忆在我的脑海里形成汪洋之势，甚至不敢写回忆母亲的只文片字。我怕控制不住自己的感情。多少次我看到别人依偎着母亲，搀扶着母亲，或者呼唤着母亲，歌唱着母亲，抑或提到母亲二字，我就悲从中来，泪水便会淹没我不再年轻的眼睛。

由此，我和母亲感情之深可见一斑。我们姐弟六个，只有我是男孩。千顷地，一棵苗，母亲娇我、宠我、疼我、惯我。早些年日子贫寒，母亲把细粮和最好的食物全都留给我。不管是老的父亲、大的姐姐，还是小的妹妹一概都吃粗粮。长到七八岁的时候，母亲还把我搂在怀里一边哄婴儿般唱着“天上布满星，月牙亮晶晶”，一边嗡嗡地摇着破旧的纺车。一灯如豆，纺线长长，宛若庄户人漫长艰苦的岁月。

母亲气管有炎症。那是生我那年落下的病。那年秋天的一个中午，母亲忙完生产队的活计，又背筐到河堤打草，好卖个钱贴补生计。母亲干活是快手，在生产队干活，割麦锄地在女劳力里总是第一名，连一些男劳力也不是对手。母亲很快就打满一筐草，起身去背时，也许由于筐太沉，也许由于饥饿没力气，一下子没背起来，还跌倒在地。据赤脚医生说，母亲缓过劲来的时候，嘴里咳出了一口鲜血……

有气管炎的母亲从不知道爱惜自己。在生产队里仍然挑重活脏活累活干。家里女孩多，劳力少，母亲是想多挣点工分，好在麦收秋后多分点口粮啊！后来农村实行联产承包责任制了，母亲更是匍匐在自己的土地上，与同样热爱土地的父亲一起坚强地在十几亩地里耕耘劳作着。别人家有农用拖车，我家没有。耕耩耙运，我们就用小驴。小驴累了，母亲就抢过绳套当驴使。常常是别人的庄稼还没收上来，我们的下一茬儿庄稼苗就破土而出了。只有这时，母亲才肯歇一口气儿。

靠着父母的勤劳，我们小兄妹三个花费着父母的心血上了学，后来又在城里找了工作。三个姐姐也出了嫁。孩子们鸟儿一样地从父母的巢穴里长大、扑飞了，只留下孤寂的筑巢人和一座空巢。最不能容忍的是，我不仅自己飞走了，还把老婆孩子都带走了。要知道我的一双儿女也都是母亲一把屎一把尿带大的，没有我的日子，孙子就是她的寄托啊！进城的那一夜，母亲的咳嗽声好像比以前激烈了许多也响亮了许多。早上，我想打退堂鼓，可母亲却坚定地把手一挥说，还唆什么？俺和你爹不就是盼你们有出息吗？你们进城，是爹娘的脸面呢！说着，一把抱起她五岁的孙女，头也不回地向车站走去。

母亲坚硬的外表下其实有一颗柔软的心。她敢作敢为，豪爽慷慨，对强者敢于碰硬，对弱者又极尽女人的温婉给予了无限的同情。石头嫂愚笨懒散，不会女红，母亲常常替她一家缝缝补补，还把我们穿剩的衣服救济了他们一家。傻彩是个有爹没妈的半痴呆的姑娘，缺少母爱，一年三百六十五天涎水渍得下巴通红。母亲总是把她领到家来，不仅从我们的手上夺下饭菜让她吃，还做了几个围嘴替换着套在她脖颈上。母亲还是个热心的媒人，她不知成全了多少对因年龄大条件差寻不到媳妇儿的老小伙，使得我们村的光棍儿比例连年下降……

父母眷恋乡土，生就的土命。我多少次劝说他们跟我进城来住，可他们死活不来，年近古稀还在责任田里自食其力。母亲就是在簸豆子的时候，由于过度用力，突发脑溢血的。

后来就是四年的轮椅生涯。我们用了能够买到的药，跑了能够跑到的医院，最终也没能使母亲站立起来。眼见着母亲日渐衰老，如老树在一点点退去她生命的绿色；如蜡烛枯竭了脂膏，一点一点地黯淡了她的光芒。我们回天无力，只能痛感生命的无奈和命运的不可逆转。

母亲终于在2004年7月9日驾鹤西去。可我，这个她爱了一生疼了一生宠了一生惯了一生的儿子，在她临终前，却还在工作岗位上。等我得到她病危的消息开车从城里往回返的时候，竟然赶上了堵车。绕了两个多小时赶到乡下时，母亲已经停止了输氧，身体正在变凉。父亲说，你妈刚刚还在呼唤着你的小名呢！

娘，我的亲娘啊！我抱住母亲号啕一声，哭昏过去。这时天空一道闪电，大雨倾盆而下。

母亲真的是驾鹤西去的。大雨下了三天，等到母亲出殡那天午后，天就突然放晴了。后来人们的传说是，一群似鹤似雁的鸟儿飞落到我家的上空，把一堆堆乌云驮走了，好让母亲清清爽爽上路。鸟儿飞去的方向是西北方向，正是我们墓地的方向。我想：鸟儿驮走的，不仅仅是乌云和暴雨，还有我母亲的灵魂啊！

清明时节。我跪在母亲的坟前焚烧完纸钱，又为母亲点燃了三支香烟。在阳光里，在冥冥之中，我仿佛又扑进了母亲温暖的怀抱！

有人说，母亲是儿子心中的太阳。尽管我的母亲不是伟人，也不是名人，她只是亿万母亲中最普通的一个。她不会名垂千古，也不会流芳百世，而且她的骨灰很快就会融入大地化为泥土。但她是我永恒的太阳，她的光芒永远辉映着儿子的一生。而作为她的儿子，我就是太阳底下最幸福的那个人！

随风而逝

○陈 毓

罗绮说人生是一口深井，过往是一截截拉出井外的绳子；结局呢？或许是绳端系着的一桶清水，或许只是隔夜放在里面冰着的一篮凉粽，或许什么也没有，只是一截空荡荡的绳子，上帝老人家跟你开了个玩笑。

见过罗绮的人都说罗绮长得像周润发。罗绮便像周润发似的笑笑，再周润发似的一撇嘴，一点不领情的样子。

罗绮给自己立了个规矩，绝不在三十岁前跟哪个女人定下终身契约。但罗绮终是罗绮，他不用张网，往那儿一站，就是一朵燃烧的篝火，自有一个个女人飞蛾似的扑向他。罗绮平分给她们他那如梦如幻的笑容，顷刻间将她们烧得樯橹灰飞烟灭。

当然，要保持领土的完整也是不易的。罗绮就不止一次地眯着他周润发似的眼睛感慨：做一个纯洁的男人可真是要付出牺牲与代价的哦！罗绮牢记着做与不做的原则。说来也怪，那么多的女子，让罗绮真正用点心思的只有三个。

一个是胡秋。

在那个懒洋洋的春日午后，胡秋被罗绮那张网粘住了飞翔的翅膀。此前，胡秋凭借她的美貌加智慧在女人群里出类拔萃，在男人堆里所向披靡。她为她所在的那家公司创下了丰厚的利润，于是她为她自己赢得了一个明净的称呼：白领丽人。

白领丽人胡秋是骄傲与明净的，她有理由骄傲与明净。她不骄傲谁骄傲？她不明净谁明净？

当胡秋代表总公司与罗绮在谈判桌的两边坐下来的时候，这个春天的午后魔术似的在胡秋的心中变幻着。一切都变得那样懒洋洋，所有明明暗暗的道路突然消失，最后只指明一个方向：走向罗绮。而罗绮呢？他更是欢喜万分。他很庆幸是自己亲自来了。罗绮被胡秋散发出的气息所笼罩，罗绮称那种美妙的感觉叫“笼罩”。罗绮笑笑在一份合同上洒脱地写下“罗绮”两个字，罗绮又笑笑地拱手递过那份合同。罗绮白白让利给胡秋所在的那家公司，但罗绮一点都没觉得吃亏，因为下一个月，胡秋款款地走进了罗绮的写字间，胡秋成了罗绮的助理。罗绮的生意走到哪里，胡秋陪伴罗绮的身影就追随到哪里，这多好啊。但是罗绮说，胡秋的美丽是只属于他的写字楼的，干吗还要想别的呢？让听的人禁不住心里要骂。

子君和胡秋几乎是同时出现在罗绮的生活里的，子君是个古典的女子，古典一如她的名字。子君是罗绮与朋友喝茶时认识的。茶屋里备有围棋，子君是陪人下围棋的女子。罗绮最初觉得这职业稀罕极了。罗绮在心中好一番感慨。自以为达到业余三段的罗绮想，这只不过是一个附庸风雅的女子，结果连下三盘他都输了。这一输，罗绮禁不住对那女子刮目相看了。这一看，罗绮问子君愿不愿意接受他的帮助，比如说去住他湖畔小区的那幢房子。罗绮说，房子空着，你住，全当是帮我看管一下园子，我发给你薪水。你爱干什么干什么，只是在偶尔的周末，我会在那里聚一些朋友。子君干吗不同意呢？他又不要求她爱他什么的，而她，已经爱上他了。

子君自觉地守望罗绮。她守在窗边弹筝弄箫，硬是把湖畔那幢别墅弄成了潇湘馆。她像一株美丽的藤本植物，敏感、多愁而又多情。罗绮不得不对子君说，子君，跟你在一起，我会累死的。

罗绮的生命里注定了是要有不断的奇遇的。罗绮不喜欢“艳遇”这个词，仿佛他是一节列车，而她们就是他的一个个驿站，他想停就停，或者，停也不停地开过去。他相信她们切入他生命的方式也不是淡出淡入的过程，而是一次次叠画，他的生活因了这一幅幅画面而变得色彩斑斓，生动无比。

桑古就是这其中的一幅画。

桑古是骑着一匹蒙古枣红马闯进罗绮的视野的。

罗绮眯着眼睛看烟尘弥漫的跑道，为遥遥领先的骑手喝彩。骑手到终点，翻身下马，一摘帽子，竟是一个长发飘飘的女郎。女郎那向四周迸射的气息扫荡了浮积在罗绮心中的委靡。罗绮情不自禁地在心中呢喃了一句只有他自己能听懂的话。

除了月球暂不能去之外，罗绮带桑古去任何一个他们想去的地方。他迷恋她那弥漫着太阳味道的眉眼、身段，她那简单的心灵所吐露出的一切有着兰芷一样的芬芳。罗绮想，他积蓄了三十年的精力大概就是为桑古准备的吧。他们的相撞以风的形式开始，以电闪雷鸣、大雨倾泻结束。结束了，罗绮仍不忘对桑古低声称谢。罗绮说，桑古你是一个男人想强暴又能强暴男人的女子，你真是好极了！罗绮搂着桑古的蜂腰，看见一点笑容从桑古嘴角慢慢荡漾而出，荡漾到耳边去了，终于让脸开成了一朵吸足了水分的木耳花。

幸福地死去，再充满渴望地活过来，生活是无比的美好。美好的日子里罗绮偶尔也会叹一句：桑古啊！我会累死在你的怀里的。死就死吧，反正我都活了一千年了。

生活的忙碌对于罗绮来说是可想而知的。他就像一只飞不出花丛的大蝴蝶，而快乐的时光总是去得迅疾。罗绮已过了三十二岁，转眼又过了三十三岁。罗绮三十六岁时，主动去希望工程赞助了一个叫丁未子的山村学生。

那个叫丁未子的女孩以优异的成绩考上了一所名牌大学，却因为家庭贫穷而不得不放弃去上大学。这样的事全中国每年都有。但这个叫丁未子的女孩偶然地上了报，又偶然地被罗绮看见了。这两个偶然加在一起即有了非同寻常的结果。

报纸上的丁未子穿着城里的善良人赞助的一件白短袖衫，睁着一双乌溜溜的、有二分茫然三分热情五分无奈十分动人的黑眼眸静静打量着罗绮，仿佛在对罗绮倾诉：我信任你！

丁未子那双眼睛带着一股神奇的魔力，一寸寸走进罗绮心中那块从未有任何一个女子的脚步所能抵达的领地。罗绮像秦始皇似的命令他的下属去查寻丁未子的地址。罗绮像做企业策划书似的当即为丁未子制订了一个六年计划。

计划书的内容大意如下：

丁未子：女孩，19岁。1999—2003年的四年间，主要生活在北京。所需学习及生活费用4×5万元；2003—2005年两年间，主要生活在挪威（或者奥地利），所需学习及生活费用共2×20万元。

以上费用均由本公司承担，遇特殊情况可根据具体情况适时增补。

计划书的最后，罗绮还特意写下了毛泽东主席的著名教导：好好学习，天天向上。

为什么把丁未子的留学地点选在挪威或者奥地利呢？罗绮自己也不明白，或许，这只是丁未子的眼神所给予罗绮的隐秘的联想吧？不过，假如丁未子再想去美国或者法国呢？

那也成！罗绮想。

罗绮把从报纸上剪下来的丁未子的那张照片装进相框里，累了烦了的时候他就坐下来静静地打量丁未子的那张脸，他看她黛色的小平眉，看她湖波似的眼睛，看她新月般的嘴唇……

他沉入到前所未有的柔情当中。他在心中自言自语：丁未子同学，到那时候，我都四十二岁了，你会爱上你的可怜的老罗绮吗？

时光乘着快马，马不停蹄地向着深处去了。

我们的主人公罗绮说，人生是一口深井，过往是暴露在井外的一段段绳子，而结局呢？或许是一桶清水，或许是一篮隔夜冰着的凉粽，或许绳子末端什么也没有，就只呈现给你一截空落落的绳子。

丁未子是一桶清水？一篮凉粽？还是一截空荡荡的绳头呢？

罗绮说，只有上帝知道。

倾　诉

○岱　原

大刘真是个人物，这么偏远的地方也有朋友。半路摩托车坏了，推着走了两里路。看到一个院子就推门进去，主人热情得让我都有点儿不好意思。他放下手里的活儿，帮我们架好车子，他说，假如不是天有点儿黑了，他一准会去村里帮我们借工具。他还说，这一带的村子有点散，去哪里都要走上一段时间，如果不嫌弃，不如留下来吃晚饭，过夜也行，他的养猪场住三个人不成问题。

在一片嘈杂的猪吼声中，我终于弄清了这个大院的性质，它是孑立于村外的一个养猪场，而热情的主人就是养猪户，墙上的照片显示这是一个三口之家，不过主人很坦白地摊摊手，说妻子和自己闹别扭，回娘家去了，孩子也带走了，现在就他一个人，他满脸黝黑，两只眼睛闪着澄明的光泽。

缺少女主人的院子有些杂乱，一个盛满猪食的缸倒了，泔水发出馊臭的味道，四通八达的排污水道也盛积了不少猪的粪便。

猪在粪便后面的猪圈里一声一声地低吼，他站了起来，他说六号栏的猪婆没有喂好，那一声一声的低吼是在提意见。他扎着围腰，麻利地提着猪食桶越过那一排一排的粪便，然后将那桶馊臭的食物倒给猪圈里的猪婆。他点了一根烟，让迷蒙的烟雾爬上脸颊。他说这里有十五头猪婆。他伸出两只手，然后将另一只手的手掌翻了一下，算是形象地告诉了我们猪婆的数目。我站在他后面，一个一个地看他那空心砖垒起的猪圈后面的猪婆。十五头猪婆，产了崽的没产崽的都拖着松松的肚皮。我看不出差别，但他却介绍得很仔细，一号栏、三号栏的猪爱闹，六号栏的猪调皮。五号八号十号栏的猪聪明。说到聪明他就抬起脸，说你信不信，猪和人一样，也有聪明愚笨之分。我当然赞同他的观点，我要打搅他的夜晚，我要消耗他的食物，我不能不赞同他的观点。我一根一根地给他递烟，我说，就是，聪明的猪婆带小猪要比愚笨的猪婆带小猪让人省心得多。我本是瞎诌，想不到他立即拍一下大腿，说就是，看来你也是行家。他很高兴。

他给我们泡茶，为我们打开那台图像模糊的电视。做晚饭时他拒绝了我们的帮忙，他亲自下厨，他把家里垫底的一点腊肉也翻了出来，和着干豆角焖了，算是为我们的光临接风。他说，他养猪，怕染病毒，荤腥沾得少。腊肉是家里年猪杀了腌制的，吃起来放心。没有啤酒，他提了一个大塑料壶给我们一人满上一大碗白酒。他一喝就是一大口，然后夹了一大块肥肉放在嘴里有滋有味地嚼动。他劝我们不要客气，肉要放开吃，酒也一定要喝，不喝就不是朋友。他很真诚地看着我们。我们当然不能退却，我们学着他的样子夹菜，咀嚼。把一口一口的辛辣灌进肚子。我有点感动，我觉得大刘这小子真厉害，偏远的朋友也是朋友，我就没有这样的朋友。

吃完晚饭，天就真正黑了。他点燃了艾草，在猪圈四周摆了一圈，袅袅的烟在开阔的地带铺开，猪圈浮了起来。星星开始爬上山脊，四野漫起了浅雾。

他再次谈到了他的猪场，他说这些猪婆就是他的希望，他说他贷的五六万块钱的款都在这里，场面铺得不算太大，他也不敢铺得更大，怕出差错。因为怕出差错，什么事情都是亲力亲为，给猪打预防针，给猪婆接生，给小猪剪尾巴剪耳朵都是自己动手，前一段时间卖了两窝小猪，还了一部分款。那是第一笔还款，他说，不出意外的话，两年之内就能把款还清了。他搓着双手，坚定的眼睛看着远处的村庄。我看不出他的岁数，也许三十，也许四十，他的颧骨很高，像突出的岩石。

晚上睡通铺，原本完整的床，他把蚊帐扯了，空出来的地方铺上了被单。三个人躺下绰绰有余。大刘不认生床，沾上枕头就睡着了。我躺在床板上翻来覆去睡不着。他就给我递烟，两个人一根接一根地抽，他说他也睡不着，他说办起猪场后，他从来就没有睡过一个囫囵觉。有时候，一忙就忙到凌晨三四点。习惯了。他说不认真不行。后山有个养猪户，四十多头肉猪忽然染上怪病，一头接一头地死掉了，卫生防疫站的人来了，也没有查出病因，十多万块钱都打了水漂，户主老婆投了两次河都被人拉了回来。不容易呀，太不容易了。

好像有细细的水声，又好像有细细的风声。掐灭了烟火，睡屋里通透一片。我知道月亮升起来了，它在没有云层的空中行走，它照亮了夜晚大大小小的声音。我觉得自己走进了这夜晚的声音，走得很远很远。

第二天早晨，我们醒来的时候，他已经去村里把工具借来了，桌子上是茶和早点。他拖着一双沾了泥巴的脚在院子里忙来忙去。一头猪吼起来，又一头猪吼，院子里生机一片。

我们和他告别，握着他的手，说了很多感谢的话，他似乎诧异于我们的客气。怎么可以这么说呢？都是朋友，他说。他的表情很平淡。摩托车响了起来，我们把他和他的养猪场扔到了后面。他冲我们摆手，身影渐渐在远方凝成一个小点。

我对大刘说，你的朋友真不错，真够朋友。我这么说的时候，大刘就吃惊地回头看着我说，他不是你的朋友吗？我一直以为他是你的朋友呀。

我大吃一惊，你不认识他？

不认识。

都不认识，我很感慨，一个不认识的人，一夜之间竟然和我们说了那么多的话。

因为有你

○戴　燕

34 岁那年，菊听朋友说，在另外一个城市看见丈夫和一个女人手拉手逛街，菊的心被刺痛了。

菊认识那个女人。菊的丈夫是一所中学的校长，那女人是学校的老师，也是菊儿子的班主任，年龄和自己一样大，身材好，性格温柔。一年前，儿子上课时突发急性阑尾炎，是她把儿子送到医院的，她有个很好听的名字，晶。

那次，菊觉得，晶对儿子的照料比自己对儿子的照料还细心。儿子非常喜欢晶，觉得晶说话能说到他的心里去。这一点，做外科医生的菊自愧不如。当时菊没往别处想，因为丈夫是校长，晶又是儿子的班主任。

但是现在，经朋友这么一说，菊觉得他们的关系肯定不是属下和领导那么简单。

菊给晶打了个电话，说，我知道你们的事，但我是不会离婚的。

晶说，我相信以前他是爱你的，但现在不一定，他说过，和你在一起不过是为了孩子！不信你问问他。

丈夫回到家，却一声不吭。菊问，现在你到底是爱我还是爱晶？看着菊的眼睛，丈夫没有回答，菊却突然失去了了解真相的勇气。菊问，说吧，你打算怎么办？丈夫沉默了良久，说，到现在为止我没想过离婚。晶是可怜的人，她丈夫整天喝酒、打人，也不管孩子。她常找我倾诉，哪个男人一生没有个红颜知己，不过你放心，我没做对不起你的事。菊听着丈夫并非理直气壮的话，看着丈夫无颜相对的面孔，想起朋友说过的话，现在社会上好男人本来就少，再说，从实际情况出发，离婚对自己也没什么好处，就没再追究什么。

但菊感到自己的生活已经发生了变化。

不久，菊听说，晶调到了离丈夫单位很远的另外一所小学校。据说，她是担心菊把事态扩大。但菊没想过要把晶怎样，毕竟孩子还小，夫妻失和对孩子的影响更大。冷静后，菊也反省过自己，作为一名优秀的外科医生，自己整天忙于工作，对丈夫照顾确实不多。但又一想，如果丈夫行为端正，晶也不见得有非分之想。

菊和丈夫的日子就这么相安无事地过下来了。

虽然菊和晶是同岁，但菊因为常常上夜班，睡眠不足，实际年龄看起来比晶大得多，从这次事件以后，菊开始留意各种各样的时装，也经常光顾美容院，菊慢慢地能感觉到男人关注自己的目光多了起来，这使得菊越来越自信。菊忽然悟出这样一个道理，女人一旦走进婚姻，婚姻外的女人都有可能成为自己的情敌，因此菊提醒自己，要时时刻刻保持和年轻女人一样的精气神儿，和所有女人较劲儿地活。

40 岁那年，菊竞聘外科主任一职没有成功，心里一直很郁闷。有天晚上，菊在房间内电话里偷听到晶打来的电话，原来晶因为违反教委的规定，在校外办学习班，成为市里的黑典型被开除了。当时丈夫对晶说，在这件事情上自己确实也无能为力，并安慰了晶几句，希望晶自己以后多保重。放下电话，菊觉得心情好像不那么郁闷了。

44 岁时，菊的儿子考上了清华大学。菊听说，晶的儿子考的是一所普通大学。因为晶有那么个不负责任的丈夫，为了供儿子读书，晶只好继续没日没夜地办补习班。跟晶比，菊觉得自己很幸运。

45 岁那年冬天，晶住进了菊所在的医院，晶得了肝癌。

晶要求菊亲自给自己做手术。

菊知道了很惊讶，心里有点慌乱。

在晶的病床前，菊和晶商量能不能换一个医生。晶说，我知道你是这里最好的外科医生，我相信你。

菊给丈夫打了个电话。说，去看看她吧，晶的病有可能下不了手术台。

菊的丈夫来看晶的时候，晶问他，我一直想知道，你究竟是喜欢我还是喜欢菊？

菊的丈夫低下了头。

停了一下，晶说，以前我喜欢你，但后来我喜欢菊。

手术台上的菊发现，晶的身体里癌细胞已经大面积扩散，晶的生命最多能维持3个月。

晶睁开眼时，菊拉着她的手在床边坐着。

菊说，你还年轻，要好好养病，谢谢你这么信任我。

晶说，不，我应该谢谢你。并不是因为你给我做了手术，而是因为，多年来你一直信任我，没有做对我不好的事。其实以前我一直抱着幻想，总希望我长得比你年轻，有一天你变老了，他就会和我在一起。后来我觉得他对我不重要了，重要的是我要活得比你好，所以我拼命工作，想做出一番事业来，我要让你羡慕我。再后来，我发觉我很喜欢你。说完，晶的脸上露出了轻松的微笑。

菊听了，拍了拍晶嶙峋的手背，说，其实我也得谢谢你，知道那件事以后，我每次受挫折的时候都变得比以前坚强起来，因为我不想让你看到我的挫败。刚开始我想让你知道他爱的人是我，后来他爱的是谁对我都不重要了，重要的是我活出了自己。

生　活

○韩昌元

这几天，我又想起了西安。

那会儿西安一直下雨，连绵不断。我是个见雨伤情的人，看着断断续续的雨，我感情的线一次次被中断，而当“线”再次连接时，很多事情就盲目地联想起来。莫名地，我想起了林可可。

2005 年 3 月份我到西安之后就再也没和林可可联系过，我的女友在西安。大学四年中，林可可一直扮演着我女友的角色，而远在西安的女友却一点不知道，林可可也不知道。我藏得很深。大学一毕业，我和林可可很自然地劳燕分飞。

我记得很清晰，林可可和我分手时喝了很多的酒，说：“要是我们都在合肥的话就不会分手。”我相信林可可的话，所以就配合着她说：“是啊，但现实很残酷，没办法。”我这话一说完，林可可就扑到了我怀里哭，一阵一阵，怪心痛的。那一刻我就不想来西安了，想，要是和林可可在一起肯定很幸福。之后，我上了趟厕所，可惜的是当小便结束后，我还是决定要去西安，马上就去。

因为那时，天上飘起了雪，莫名的。这样的情景很难让我做到理智，做这个决定时我很感性。我觉得西安比起合肥更有发展前途，男人应该有所放弃和追求。从合肥坐火车来西安，我攒了浑身的劲。

到西安没多久，我就后悔，一切不是我想象的那样。林可可比女友漂亮，林可可比女友有情调，林可可比女友喜欢追求时尚。虽然女友贤惠会照顾我，而且很多地方做得很周到。但依然弥补不了我对林可可的思念。

于是在西安无休止的雨中，我不断地想起林可可。我希望在一次次的雨中林可可能到我身边，可每次都是女友打破我的幻想，总是一杯茶或者一个水果便将林可可的记忆撕得支离破碎。我很苦闷。

合肥离西安很远，坐车一般要 14 个小时。无数个日夜中，我无法战胜自己，林可可终究是不可逃避的。所以在“十一”长假中，我毅然买了前往合肥的车票。走的那天，我告诉女友合肥的一个同学生病，我去看望他。女友没有怀疑，只是让我尽快回来，路上注意安全。火车启动时，我给了女友一个吻，说：“很快就会回来。”

见到了林可可，她很意外。我们坐在合肥的一家小型咖啡厅喝咖啡，开始我们都沉浸在舒缓的音乐里，还没说几句话她就哭。我们坐在了一个座位上，她的脸粘在我的嘴旁，我疯狂地吻了她。林可可的泪很烫，我收起了嘴唇开始听她的倾诉。

三天后我还是离开了合肥，依如一年前离开时一样，决定做得很感性。我走时林可可说：“你走了我下次再也不理你，我害怕孤独……”我没听清楚林可可的话，拼命地朝车厢里钻。

回到西安时，女友在火车站已等了我两个小时。她告诉我西安又下了三天的雨，我上前拥抱着女友，恍如一朵花，瞬间就开在了雨中。

从此我断绝了与林可可所有的联系。

西安还是雨天不停，持续不断。我一次次在女友面前说，西安什么都好，就是老下雨。女友笑着说：“不下雨才不叫西安呢！”我说：“为什么？”“不为什么，就是习惯，我们习惯了西安的雨天。”女友的话让我有所思，我能习惯没有林可可的日子就好了，其实，女友蛮好的。

2005 年 12 月中旬，西安已经开始下雪了，很冷。我突然接到了林可可的电话。林可可告诉我，她现在就在西安。我说：“你别开玩笑了，现在天冷着呢！”

“没骗你，我现在就在南稍门，你快来接我吧。”林可可说完挂了电话。

于是，我和女友一起去南稍门接林可可。在西安的雪天，林可可穿得漂亮又时尚，像一只白天鹅。

这是我大学时的同学，来西安出差。我给女友介绍。

我知道，你同学蛮漂亮的。女友说完就笑了起来。

那天，我们在西安的“北大荒”咖啡厅喝咖啡，喝了半天也没热气。一个小时后，林可可就要回到旅馆，说：“等回合肥时再一起吃顿饭吧。”

外面雪花飘得很大，女友让我送林可可回去。

“那你呢?”我问女友。

“我带伞了，没事，步行十分钟就到家了。”女友说。

“别步行了，这大雪天的，你还是打车吧。”女友点了点头，准备去打车。

我送林可可回去的时候，林可可问我能不能和女友分手，她说她太爱我了。

我看着满天飞舞的雪花加快了步伐。很快，我把林可可送到了旅馆。

回到家时，女友正拍打着身上的雪花。

“你怎么没打车呢?”女友问我。

我说：“那么近，十分钟就跑到家了，没必要。”我看着女友突然血液翻腾，半晌，我又说：“我……其实……骗你了……”

“骗什么?”女友笑了起来。

“其实，她不是我的同学，是我大学时的女友，我在骗你……4年!”我说。

“我也骗你了，我没有带伞，也没打车。”女友的泪在眼圈里打晃。

半晌，我抱起了女友，转了360度，很紧很紧。这一刻，我和女友都看见了窗外的雪花纷纷飘起，一簇一簇的。女友说，西安从来没有飘过这么大的雪。

幸福派

○潘　格

庆春路的人都服气张桂兰。

四十五岁的张桂兰其实长相一般，说实话，即便不一般，四十五岁的女人了，能不一般到哪儿去？张桂兰也不怎么会说话，不像有的女人，逢人开口笑，没饭都能把你送出八百里。

庆春路的人服气张桂兰的是她的手艺。

张桂兰最拿手的是面食。

庆春路的人，动不动就拿张桂兰的面食说事儿。譬如夫妻俩闹离婚，女的骂男的：花心！陈世美！男的就对女的说：我倒想不花心，倒想守着你过一辈子，可你看看你做那饭，简直就是猪食！你要能跟张桂兰那样做一手好饭，刀架我脖子上我都不离开你！

想要管住男人的心得先管住男人的胃。

这句话在张桂兰家里得到了最好的实践。

张桂兰的老公也姓张，大家都叫他老张，叫着叫着名字省略了，只剩下个姓。老张胖，心胸开阔，对于大家老张长老张短地叫他，他无所谓。觉得不舒服的是张桂兰，她多次对老张说，你要明白，被人老张老李地乱叫，就是这个男人没有出息最好的证明！

张桂兰胖乎乎的儿子支持妈妈，他说，爸爸，妈妈说得对，我们班王小明他爸爸不过是个造纸厂的厂长，老师见了他还王总王总地叫呢，哪像叫你啊？老张憨厚地笑，低头稀里呼噜喝着张桂兰做的面片汤。他太爱吃张桂兰做的饭，爱到胸无大志的地步。

说起来，张桂兰年轻时也是有理想的。可一结婚，柴米油盐的日子一过，那理想就跟断线的风筝似的，越来越远。

有一次，儿子问张桂兰，妈妈，你有过理想吗？张桂兰恨恨地回答，理想个屁呀，活到你妈这份上，只剩下瞎想了！

话是这么说，四十五岁的张桂兰还是决定拼一把，她要开餐馆。主食卖包子馒头，捎带卖粥和疙瘩汤。

张桂兰的手艺名声在外，好手艺是最好的广告。开业那天，庆春路人山人海，排队买张桂兰包子馒头的把主干道都堵住了。

也有人专程跑来喝疙瘩汤喝粥，据说有个领导的亲属临终遗言就是喝上一碗庆春路张桂兰的疙瘩汤。因此，张桂兰的生意更加如日中天。

餐馆顺风顺水地开了分店。张桂兰分身乏术，老张自然成了分店的经理。

经济基础决定上层建筑。手里钱一多，老张的变化也随着多起来。先是行头变了，一身名牌包装，屁股下也坐上了小车；接着表情也变了，看人不爱笑了，板着面孔走在庆春路上，像领导视察；最后口味变了，不再热爱张桂兰做的饭，而是热衷进出档次不低的饭店酒楼。庆春路上的人，哪个不是鬼精鬼灵？不用教，再见到老张，那称呼自然就变成了张总。

成了张总的老张步履轻盈地走在庆春路上，感觉云淡风轻。

张桂兰同样云淡风轻。一个女人，有体贴自己的丈夫，听话的儿子，在人到中年做了自己想做的事情，做成了自己想做的事情，也做大了自己想做的事情，还有什么比这值得骄傲的呢？如果说到理想的话，张桂兰觉得自己已经实现了。

粉碎张桂兰理想的是范冰冰。本来叫范春花。来到张桂兰的分店，成了老张手下的服务员后，才觉得自己的名字土，改来改去改成了范冰冰。老张笑嘻嘻地说，冰冰好啊！可爱，也招人疼。

果如老张所言，服务员范冰冰日益可爱且招人疼起来。

老张一扫过去的晦气和萎靡，变得朝气蓬勃春风得意。最早发现老张变化的是庆春路的人，他们背后窃窃私语，直到有人将这私语传达到张桂兰耳朵里。

张桂兰在雾气蒙蒙的清晨用钥匙捅开分店铺的门。迎面而来的范冰冰正在状态的乳房和老张的脊背一下子就击晕了张桂兰的大脑。

张桂兰一头扎进庆春路，哭得死去活来。三天后，当背着书包的儿子站到她面前可怜巴巴地说，妈妈，我饿了，张桂兰翻身下床，眼泪全无。

儿子高考在即。张桂兰一下子恢复到原先的张桂兰。

庆春路新开了一家餐馆，老板雇了高级厨师做面点。各种花样翻新的点心摆在漂亮的橱窗里让人垂涎欲滴，张桂兰的包子和馒头顿成明日黄花。

分店很快经营不下去倒闭了。

老张带着范冰冰来和张桂兰离婚。

婚离完了。张桂兰没时间伤心难过，一门心思刻苦钻研西点。儿子看着一直忙碌的妈妈，突然说了句，妈妈，我一定要让你幸福。被老公甩了都没哭的张桂兰，此时眼泪扑簌簌掉进面盆，面花四溅。娘儿俩抱头大哭。哭完了，儿子问，妈，现在都流行叫什么饼什么派的，你打算给你做的点心起个什么名字?

幸福派！张桂兰擦罢眼泪回答。

没想到，幸福派成为张桂兰的招牌。庆春路再次排起长队。

第五家分店开张时，张桂兰的儿子带来了未婚妻。女孩郑重其事地咬了一口。

声名远扬的幸福派，她皱着眉说，有点苦，是巧克力派吧?

不，张桂兰笑着说，是幸福派。

幸福是这个味道吗?女孩迷惑地看着张桂兰。

张桂兰的儿子也看着张桂兰，忽然间眼泪欲流，一把抱住了妈妈。

张桂兰依偎在儿子温暖的怀里，微笑。

一瞬间，多少时光就水一样在张桂兰的微笑里千回百转。

男人的味道

○姚　讲

父亲告诉我说：每个男人都应该有自己的味道。父亲说这话的时候，重重地吸了口叶子烟，烟雾缭绕着弥漫开来，淹没了整个屋子。

我端坐在地上，有些茫然地盯着父亲，没有像往常一样扑烟雾，安静地坐着。

父亲见我不吭声，又说：没有自己味道的男人是找不到老婆的。父亲说这话的时候，浑浊的眼睛里忽闪着一丝透明。

我喏喏地说了句：我饿，我要娘。

父亲不再吭声，把头低得很沉。

良久，父亲从破柜子里翻出把碎米丢进泥灶上烧着水的瓷盆里，水扑哧扑哧地开，蔓延着纯白的泡沫。我忙加了小半碗冷水进去，担心碎米会跟着泡沫跑出来。

饭熟了，父亲慈爱地对我说，你饿了，你先吃。

我说烫。

父亲就端着我的碗，用筷子一边搅拌，一边吹气。

我说，爹，你在往我碗里吐口水。

父亲就笑，父亲一笑就会把嘴咧着，露出残缺漏风的黑牙圈，我喜欢看父亲这个表情。

吃完饭，父亲告诉我说：儿啊，我们去城里过新生活吧。

我问父亲去城里有饭吃吗？

父亲说有。

我又问父亲去城里有娘吗？

父亲沉默了一会，说有。

那就去吧。我毫不犹豫。

我五岁那年的一个下午，我和父亲一起进城去了，开始新生活。父亲说的，城里有饭吃，城里还有娘。

娘从来没有在我的记忆中出现过，我对娘的认知是因为邻居憨憨，憨憨娘特疼他，我就想要是我也有娘疼，该多好。

父亲曾经领过一个女人回家，父亲让我叫她阿姨，我却叫她娘。她那张如花的脸骤然凋谢，枯萎。而后，头也不回就走了。从那以后，父亲再没领过女人回家。

城里真好，桥洞比我家屋子还大几倍，父亲找来几根木棒、几张油纸，支起了我们的新家。

父亲的工作从第二天开始：捡垃圾。父亲说这是不需要本钱的工作，捡得多，钱就多。有了钱送我去读书，还给我找个娘。我听得很幸福，父亲从来没有骗过我，我相信他。

为了能早点进学校读书，我每天也卖命地捡垃圾，一个矿泉水瓶子、一张旧报纸、一个钉子我都不放过。

到城里的第三天，父亲带回来两个肉包子。包子没有传说的那样流着油，但还是馋得我直流口水。我几乎是整吞了那个包子，肉香的味道在我心中一直弥漫着。父亲看着我吞包子的样子，就猛吸了口叶子烟，咧着嘴笑，笑得很慈祥。父亲告诉我说，以后每天都至少可以吃一个包子。我就咧嘴笑了，笑得很幸福。

到城里的第一百天，发生了两件大事：第一件是我们搬家了，父亲说要送我去读书，不能再住桥洞，要被同学笑话；第二件是我们去吃了顿自助餐，庆祝我们成功在城里立足。

父亲说现在有了房子住，我们就算城里人了，要和城里人一样讲文明，不能再像个泥娃一样，花着张脸到处乱窜。父亲说完这话，猛吸了口叶子烟，神情淡定。父亲又说男人应该有自己的味道。我问父亲你是什么味道呢？父亲没说话，慈爱地看着我，多年后回忆起来才发现父亲脸上的那份坚毅和自强。

父亲捡了个书包，我把它洗得极干净，晾好。秋天的时候，父亲就送我去了学校上学。父亲告诉我说，你现在是个男子汉了，男人就得有自己的味道。我无法完全理解父亲的话，但我还是狠狠地点头。

一年后，父亲不再捡垃圾，换成了收废品。父亲有了属于自己的事业，兴奋得像三岁时候的我，又蹦又跳。我也没给父亲丢脸，父亲当“老板”的那天，我给父亲送了份大礼：期末考试满分的成绩单。父亲看到成绩单就笑，一笑就露出残缺漏风的黑牙圈，我就乐了。

父亲的生意日渐变好，生活也一天天变好，房子变大了，却依旧只住了我和父亲。父亲没有带过任何女人到家里来，我也没再提起过“娘”这个字，小日子被我和父亲摆弄得有滋有味。

我上中学了，住校，每周回家一次，这时候的父亲已经是个小有名气的老板了。

我告诉父亲，找个老伴儿吧，你还很年轻！父亲就笑笑，是很年轻呵，这些年为了盘弄你小子，把自己的事都给耽误了。父亲说这话时，很悠然地点燃一支香烟，放在唇上轻轻吸上一口，动作潇洒而帅气。

看父亲饶有兴致，我就笑问父亲说：爹，当年娘为什么会离开我们？

父亲很郑重地说：娘？我也不知道你娘为什么会离开你。

肯定是你的错，我嘟哝着嘴，调皮地说。

父亲掏出了他的身份证，上面写着出生年月：1970 年 10 月。

父亲只比我大十四岁！

父亲接着说：你只是我在路边捡的一个孤儿，我也是孤儿，我们同命相连，所以看到被扔在路边的你，我就把你带回家养到现在……他每讲一句，就抽一口烟，烟雾缭绕，弥漫成一个巨大的幸福而温暖的磁场。